若狭がたりII

わが「民俗」撰抄

水上 勉
Tsutomu Mizukami

アーツアンドクラフツ

目次

Ⅰ

おんどろどん　6

釈迦浜　15

たそ彼れの妖怪たち　21

Ⅱ

しゃかしゃか　42

阿弥陀の前　53

桑　子　76

まいまいこんこ 83

III

とりとり彦吉 110
鯉とり文左 133
穴掘り又助 150
てんぐさお峯 180

[解説] 民話作家・水上勉……………正津 勉 208

装丁◉坂田政則

若狭がたりⅡ
——わが「民俗」撰抄

I

おんどろどん

生れて間もなく（といえばさだかならぬ記憶にちがいないわけだが）、わが耳にきこえたこの世の最初の音は、「おんどろどん」という得体のしれぬものであった、といまも思っている。遠くで太鼓がなるような、それでいて、どこやらに、地面の底から這いつたわってくるような恐ろしい音が、家もろとも床からわが身をゆさぶるおんどろどーんとながくのびる旋律の向うにあって、眠っていても眼はすぐさめて、息がつかえる気がした。生れたての子に、このような感覚のはたらくはずはないが、六十歳に近くなったいまでも、不思議と、その音だけは、嬰児のじぶんから耳にこびりついているという思いがふかくあって、深夜、眼をつぶって、気をしずめて耳すますときこえてくる。あれは、やっぱり、私が生れた谷と家をとりまいていた風の音とも、山の音とも、水の音とも、あるいはそこらじゅうで眠りはじめるけものや、虫のいびきとも思えるていいの、形容しがたいものか。他人に説明しようとすれば、ただ、おんどろどん、おんどろどん、だったというしかいいようがない。

何かの本にも書いたとおり、私の生家は、村でも乞食谷《こじきだん》と人がよんだ谷の上にあった。村から少しはなれた山ぎわに、素封家《そほうか》の薪小舎《まきごや》や藁小舎《わらごや》が点在していた場所で、そこはけこあいんという埋葬地に近く、家のうらにすぐ谷が暗い口をあけていて、奥は昼でも暗かった。母たちは、その谷のことをキタバタとよんでいた。おんどろどんは、つまり、そのキタバタの奥からきこえてくるのだった。山は高くせりあがっていた。てっぺんへ登ったこともあるが、どこからでも日本海がみえて、海ぎわの岬の崖へ打ちよせる波音がきこえた。あるいはその波濤《はとう》が、山をたたいて、裏側の谷をつたい、夜になると、わが家の床から這いあがったのかもしれぬ。春、夏、秋、冬、いつでも私が眠りにつこうとするころに、この得体のしれぬおんどろどんがきこえて、神経質だった私は、眠れずによく泣いた。兄弟もいたから、私の夜泣きは、いまも彼らの語り草になっているが、その夜泣きも、おんどろどんの恐怖からである。きこえてくると私はかなしくなり、淋しくもなり、わきに寝ている母をよんだのだった。

生家は、段の下に大きな土蔵をもっている松宮林左衛門という地主の木小舎で、祖父がここを借りて住んだのが最初だということだった。水上姓は、六十三軒の村には一戸きりだった。斎藤、松宮、堀口、小原、仲瀬の五姓しかない六十三軒のうちで、水上姓だけが一戸きり。しかも、乞食谷の上の、さんまい[*1]近くに、村からはなれたようにして（事実、電柱もなく、電気もきていなかった）、木小舎を改築してランプで住んでいる事情について、私は誰からも理由をきいていない。大きくなってから、持ち前の詮索欲で、水上姓のルーツをさぐったことがある。祖父の文蔵は、同じ部落の中ほどの地点にあった水上孫兵衛という家の次男で、乞食谷に分家したという。のち、この本家孫兵衛は、どういうわけか、家をたたんで大阪へ越して、消息をたった。それで水上姓はうち一戸ということになった。本家が村を捨てた理由はわからぬが、他の五姓が結びつく孤村の連帯にうちとけてゆけない事情もあったか。大阪へ出て八百屋をやっているという噂がつたわっていただけで、菩提寺の西安寺や神社の古い寄附額の末端に水上孫兵衛と名のあるのが残っているぐらいで、殆ど村人の口にのぼらなくなっていた。分家の水上（私の家）は、つまり、松宮家の木小舎を改修して住んでいたのだが、本家をなくした分家だから、持ち田一反、持ち山一坪とてなかった事情もそれでのみこめてくる。祖父の文蔵は、明治中期にコレラの蔓延《まんえん》した際、罹病して死亡、盲目の祖母いしに生れた私の父覚治が、このキタバタの家で大工をやって生きた。私が生れたのは大正八年三月八日だから、盲目の祖母はまだ健在で、父はその母の看護で遠くへ出稼ぎにゆくことが出来なかったため、六十三軒の家々の修復工事や死人の棺つくりなどするのが生業となった。棺をつくる家としては、さんまい谷に近かったことも理由だったか。

家は三間まぐちに奥行き五間ぐらいあったろうか。土間、板の間のほかに畳のあるのは六畳だけで、あとは物置のようなもの。板の間の中央に炉が切ってあって、その下段にくど[*2]。台所はなく、外の谷川の平べったい自然石の上が母の流し[*3]であった。雨がふれば傘をささねばならなかった。井戸はもちろんない。のち、松宮家が谷川の奥に大きな桶をうめ、水を貯えて、これを簡易水道にして段下の家まで水道式にひくようになってから、わが家の洗い川は水がなく、涸沢《かれさわ》となった。それで母は、天然の流し場を失った。私が五、六歳のころだ。雨の日は水はあったけれど、天気がつづくと、松宮家まで水もらいに出かけた。私も手つだった。寒い冬、この水もらいは情なくて、ほとばしるように蛇口から日がな流し放しになっている松宮家のため桶に、満々とたたえられた水がうらやましかった。考えようによっては、私の家の方が高台にあるのだから、谷の水は独占できたはずなのに、地主は、その水を勝手にひいてしまったわけである。その持ち家の木小舎を借りていたのだから、こっちはたなこゆえ、水をとられても致し方はない。文句があれば出てゆけといわれればおしまいのはなしだ。

父は生涯この松宮家とうちとけることはなかった。一つは、水をうばわれたうらみがあったのではないかといまになって思う。

その水源地はキタバタの谷だった。そうして、松宮家のうめ桶のあるあたりまで、谷川はえぐれた川になっていたけれど、登りつめるほどに、川は形を失い、杣道《そまみち》に沿うたちょろちょろ水の溝になっていった。大きな石があって、水はその石を迂回していたりした。谷のつき当りは深い森で、子供の私たちは、あまりそこへ出かけたことはないが、遠くからみても暗い森である。地主の薪つくりにゆく母につれられて、時には、このキタバタを登った。谷の様子は、いくらか子供心におぼえている。両側からはさむように迫る山襞《やまひだ》。そのあいまに、まるで扇子をすぼめたようにちぢまる谷。しめったかびくさい雑木林の厚みのある葉かげに、丈高い毒キノコの赤や紫いろの傘がみえる。そうして、ゆきつく先は闇のような巨木の森だ。椎、欅《けやき》、櫟《くぬぎ》、大杉など、うねるように葉をしげらせて、空は見えなかった。

そこには狐もいた。熊もいた。たぬきもいた。いたちもいた。むささびもいた。冬は雪がふかいので、山の実もなくなると、けものたちは村へ降りてきた。とば口のわが家のよこは通り道になった。朝起きると、背戸口の雪に、大きな熊の足跡があった。時には猪も通ったりした。

さんまい谷は、谷の陽当りのよい大地で、東面にのびていた。一段低くなった窪地のわが家の障子をあけると、新仏のうまったところは、土もりが高くなり、竹でつくった飾り花が、いつまでも風にゆらいでいるのがみえた。墓はさて五十基ぐらいあったろうか。死人をうめる場所だから、そこは、奇妙な土のたかまった一角で、大きな百日紅《さるすべり》が一本、形のよい枝を這わせ、石塔の頭をなでていた。

むかし（明治中期まで）、ここに景光庵という尼寺があったそうだ。その尼寺が無住になって、くさりはてたままのこっていたが、それもなくなると、あとは死体をうめるところとなり、庵の屋敷跡は、百日紅の下のわずかな平坦地で想像できた。四つか五つかの土台石がのこり、いちめん青草が生えていたのも瞼《まぶた》にのこっている。

そのさんまい谷の反対に、わが家へなだれるような孟宗藪《もうそうやぶ》がひろがっていた。これは小原九左衛門という、やはり村の中ほどにある地主の持ち物で、冬だと孟宗が雪をかぶってトンネルのように家を被った。藪の中に大きな欅が二本あって、これも空を被っていたので、わが家の藁屋根は、ぺんぺん草がはびこり、一日に陽のさすのは、さんまい側の東だけで、春夏でも二時間ぐらいあったかどうか。

ひとことでいってしまうと、人が住むにはどだい無理な地形だったのかもしれない。しめった陽かげ地の谷の奥に、松宮家が木小舎として重宝《ちょうほう》していたものを借りて住んでいたのだ。水のないことも証しだが、そういう家へ越してまで、分家しなければならなかった水上家は、越してまもなく本家の村はなれにあって、孤独にさんまい谷に近かったという理由から、棺桶づくりをなりわいとするのである。
木小舎を改修した家だったから、壁もろくにない。戸障子はあるものの、大工の父が、いずれは施主の家から古いものをもらってきてはめこんだもので、家にそぐわぬ千鳥格子の腰板のはまった紙障子が、外に一枚はまっていたり、破れた襖《ふすま》が大戸がわりにはまっていたりした。たてつけもわるいから、スキマだらけで、夜になると、風が入ってくる。私が生誕したのは、のちの弟妹たちの出産を見た知恵でいうのだが、炉のある板の間よこの三畳の、板敷きの寝所で、そこは古畳がしいてあった。東面のさんまい谷の方から風がもろに当るので、窪地のしめった床へひきこまれるかたちで、家もろともゆさぶったものと思う。生れてすぐの耳にきこえたその音が、床下からきこえたというのは、そういうのちの知恵もあってのことにちがいないけれども、三つ四つになっても、夜泣きを誘うその音はやはり地面からだった。
おんどろどーん
おんどろどーん
ある夜は、捨て猫の声かとも思った。見たわけではない。ガララーン、ガララーンともきこえる音が、そのおんどろどーんにかさなってあった。さらに冬だと、とーん、とーんというような音もまじった。遠い山で雪がなだれる音がまじったからだろう。また近くでパーンパーンというような音もあった。それは雪を負いすぎた竹のさける音だったか。むささびはよく啼いた。キキキーッと布でもひきさくみたいなその啼き声は、雪の降る夜などはしょっちゅうで、屋根の上にばさーッと落ちる音もした。狐、たぬき、熊がいたというのは、父が鉄砲をもっていて、よく遊びにきた朝鮮人たちと仲間をつくって山へ入り、撃ちとってきた獲物を背戸口の雪にうめておいて、炉端で鍋に煮て喰ったからおぼえている。狐、たぬき、むささびは、みな父の手で巧みに皮をはがれて、桃いろの肉塊になって、雪穴に貯えられていた。

おんどろどーん、という音が、谷の奥からきこえてくる、とすれば、山の樹のさわぐ音にまじって、眠りもやらぬけものや鳥たちのさわぐ音もそれにまじっていたのかもしれない。とにもかくにも、このおんどろどーんは、形容しがたい旋律をもっていて、そういう家に生誕した子の耳に、日がな吹いていた風の中にある。

人間の生態学などにうとい私だが、耳なるものは、生れたてはみな尋常であって、誰もが真新しい鼓膜《こまく》をさずかっているものと思う。その鼓膜は、たとえば、貼りたての障子紙のようなものだとすると、そこへ吹いてくる日常の風が紙にしみて色をかえるように、私の耳は山ふかい谷の風にならされて、地面から這いあがるその奇妙な音に染まったものだろう。そうでなければ、六十に近い今日もきこえてくるのは合点がゆかぬ。いまも、信州の山の書斎で、ひとり寝して、軀《からだ》をちぢこめて寝る凍冬の深夜など、おんどろどーん、おんどろどーんときこえる。人は生れた地から球根をもらう。そこをはなれて生きても、ひきずっているという思いは、この音がそう私にいわせる。

＊1　三昧場《さんまいば》は僧が死者の冥福を祈る堂、転じて墓所や葬場のこと。＊2　かまど。＊3　台所、洗濯場などの洗ったり水を流す所。

釈迦浜

若狭《わかさ》だけでなく、日本海辺のところどころにみられる断崖は、峻《けわ》しくて、雄渾であるが、たとえば、千葉県のおせんころがしのような明るさはなかった。どの断崖も暗くて陰気である。とくに、若狭の蘇洞門《そとも》は、その表式的な断崖美を誇っているが、裏日本独特の紫紺《しこん》色の海に、黒い岩影を落しているこのあたり、人間を吸いこむような幽邃《ゆうすい》さささえたたえている。

断崖が暗いのは、岩の上に幾層倍かの原始林が密生しているからで、いっそう、崖の暗さが恐ろしくみえるのだろう。波荒い断崖がえぐれたように原始林に被われている姿は、この世の果てにきたような錯覚をおこさせる。

私の村の近くにも、そのような波の荒い岩壁があった。和田の釈迦浜《しやかはま》とよばれているが、人跡未踏の断崖がいくつもあった。暗い崖ぎわにたっていると、深海は、岩の裾から、さらに海底何キロにも深く沈んでいくような錯覚をおぼえさせ、吸いこまれそうだ。

釈迦浜というう名はどういうところからつけられた名であるか、私は知らない。しかし、想像してみるに、そのような原始林と岩壁との人跡のたえたところであるから、仏さまでも住んでいそうなところに思われたか、あるいは、そうした自然美を崇拝する意味から、お釈迦様の浜だとよんだものか。そういえば、海ぎわに切りたってみえるいくつもの岩や、遠くから見ると平板な断崖にみえる岩壁も、よくみると、凹凸の激しい岩と岩とが嚙みあった重なりを示していて、近くにゆくと、奥深い洞穴のようなところや、岩の門のような形をしたのがみられたりする。岩の形も千差万別で、それぞれの形が、仏の像のようにみえるのも不思議といえた。

私がまだ小さいころ、この釈迦浜について、こんなことをいう古老がいた。

「釈迦浜はありがたいところじゃ。あの浜のな、下の海は、深い深い。海底までとどくには一日も二日もかかって歩かないととどかん。海の底には、陸と同じような山もあれば、谷もある。川のような道もある。根の国じゃな。その根の国の大きな山のてっぺんが、ちょっぴりのぞいているのが、あの釈迦浜じゃよ。釈迦浜の下は、大きな穴になっておって、その穴は、若狭の下をくぐって、東の方に進み、長野の善光寺様の戒壇《かいだん》下まで通じとる。この穴は、空っぽの穴ではない。海の青どろの水がいっぱいつまっていて、古いむかしからの漂流物がいっぱいつまっておる。なかなか通りにくい。善光寺へまいるのには、そのようなつまったものをくぐってゆかねばならん。つまったものは、人間の骨もある。魚の骨もある。朝鮮やロシアの国から流れてきた材木や位牌や、米櫃《こめびつ》や、棺や……いろんなものが……日本海じゅうのごみがすいこまれているんで、ぎっしりつまっているんじゃな……この海底を歩いて、善光寺まで行った人は誰もおらん。いや、本当に歩いていった人はいるかもしれんが、誰も帰ってこんから、報告をきくわけにもゆかんのじゃ。おそろしいところじゃ。その海の細道の入口が釈迦浜の下じゃ」

子供心に、釈迦浜というところはおそろしいところだ、と思うようになった。そのような大きな穴があいているかと思うと、いっそう、切りたった断崖が高く見えたりした。

私の生れた岡田部落はこの釈迦浜の裏側にあったから、じつは、生家の藁《わら》屋根をゆるがせる荒波の音は、外海の波が、釈迦浜を洗う音だったのである。

私は冬の寒い風の吹く夜に、寝つかれないままに、釈迦浜の波音をきいていて、その音は、善光寺へ詣る道からきこえてくる人ごえのような気がした。

波音は、どーん、どーんと緩慢にきこえてくるにすぎないのだが、そのどーん、どーんと岩をたたく音にまじって、人間の悲鳴のような音がきこえてくる。

それは、山をこえてくる風が、雪をまじえて、生家の藁屋根の棟をふきぬける音なのであるが、人声のようにきこえるのは、釈迦浜の海底を人が通ると思いこんでいたせいかもしれぬ。

「お母《か》ん」

と私は、そんな夜は、わきに寝ている母のふとんにすべりこんでいって、

「釈迦浜の音がする。シャカマの音がする」

と泣いたそうだ。

古老のその話をきいていらい、世の中のもっとも恐ろしいもの、深いもの、暗いもの……そういったものは、すべて釈迦浜に集まっているような気がして、何ともいえぬ恐怖感をもって、外海の音をきくようになった。この気持は、今日もかわらない。

たとえば、東京の騒々しい夜がふけて、深夜、何かの、地下工事の音がしたりすると、私は、幼年時代の、釈迦浜の波の音にゆさぶられる気持がするのである。

この釈迦浜の断崖の裾に、白骨が落ちていたというはなしをきいたのは、すでに私が成人してからのことであるが、おそらく、この白骨は、海難者か、それとも、身投者の死体が波に洗われて岩にひっかかっていたものと想像される。しかし、この浜へ爺や婆を捨てにいっ

たというはなしをきいた時には、私はぎょっとしたものだ。

「釈迦浜という名はありがたい名でな、これは、お釈迦様の住んどられる山じゃからそういうたもンじゃ。この釈迦浜で死ぬとな、極楽往生が出ける。海に沈んでも、善光寺さんまでお詣りすることができるんじゃからの……爺婆がよろこんで死にたいと思うたのもわかるような気がするんじゃ……」

　私に釈迦浜で死にたがった爺婆の話をした人は、村の古老だが、もし、大昔に、爺婆たちがこの岩壁に捨てられることを望んだものならば、ありそうなはなしではある。

　爺婆を舟に積んで釈迦浜まではこんだ人は誰であるかわからないが、家々の暗い納戸《なんど》で寝ている足腰たたぬ爺婆の耳へ、

「おじやん、おばん、釈迦浜へゆこ。釈迦浜には、仏さまが待ってござる。ほら耳をすまさんか。お前をよんでござる音がする。善光寺様へ一緒に海底《うなぞこ》の道を通ってまいろうというてござる。どうじゃ。釈迦浜へいって、お釈迦様と一緒に極楽まいりがしとうはないか。おじやん、おばん。お前さえ承知なら、いつでも、釈迦浜へつれていったげるよ」

　そんなことをささやこうものなら、若者たちに家をとりあげられて、奥の納戸の隅で、凍えるようなせんべい蒲団にくるまっている爺婆たちは、ふっと、そのささやきに乗らないと

もかぎるまい。

雪の降る釈迦浜への道は、青戸の入江にそうて、白い一本道が弓状にえぐれて通じている。古松の植わった、若狭街道を通って、北へ半島をまわりこむ。内海側から、山一つ越して外海側へ出るわけだが、この杣道さえ通りぬければ、釈迦浜の原始林の頂上に到達するはずであった。

そこから眺めた冬の海は、どんな色あいにみえただろうか。粉雪の舞う釈迦浜に参りにきた爺婆は、うしろから、蹴落されたかもしれない。波荒い釈迦浜の岩に頭を打ちくだいて、極楽往生したものだろう。

山にも姥捨の道があったように、海にも姥捨の道があったということを知って、私は今でも、故里へ帰るたびに、釈迦浜の断崖をみると、手を合わしたくなる。

本当に釈迦浜の下には大きな穴があいているそうな。その海底の道は、本島をえぐって信濃へ通じてゆく。誰も、その道の模様を私に教えてくれた人はない。

たそ彼れの妖怪たち

　私の生れた家は、福井県大飯《おおい》郡本郷村字岡田というところで、若狭《わかさ》の国の中央部の海岸から一里ばかり山へ入りこんだ谷奥にある。東南北の三方が屏風《びょうぶ》のようにせりあがる山で、西に扇面を半すぼめにしたように田が開け、まん中に大川が流れていた。地主といっても、一町そこそこの水田持ちが二、三戸、あとは自作農と、小作人が大半で、そう生活にひらきのあるといった貧富の差の見られない六十三戸の家々の大人たちは、朝から晩まで勤勉に働き、冬はどの家も炭を焼き、畑でとった麻から糸をつむいで、野良着や蚊帳《かや》の生地を織っていた。平穏な村であった。ところが子供らにとって、残念だったことは、せっかく海辺に生れながら、山が邪魔して海が見えなかったことだ。しかし、その海の音は、波が荒くなると、瀬戸《せと》をゆさぶる風とともにきこえ、冬は山の背から、床下にきて、轟々《ごうごう》とひびいた。だから、私らは、夜寝てから、海の音をきき、瞼《まぶた》の裏に、荒れくるう釈迦《しゃか》浜《はま》の波だちを見た。釈迦浜というのは高学年になってから、先生に引率されてはじめてみたのだが、波をかぶる岩が、観音さまや、阿弥陀《あみだ》さまや、弁天さまに似ているところから、そこはお釈迦さまの弟子たちが、いっぱい眠っている浜だというふうに教えられている。それでそうよんできた。釈迦浜だけではなかった。海岸へ出ると、岬が両方からせり出して高くなり、牛や馬が寝たような島もあった。そうして、それらの岬の突端や島には仏くさい名前がついていて、西から地蔵のはな、弁天岩、青島、仏谷、不動岩などといった、やはりお釈迦さまに縁のある名ばかりだった。盆がくると、それぞれの家の神棚のよこに、棚をつくって、新芋とトマトを蓮の葉の上にのせ、仏を迎える風習があったが、夕方たいまつを焚《た》いて、川戸に流す時には、お父もお母も、仏は川からあがってくるといった。川の遠い向こうは海なので、やっぱり、海は仏がいっぱいつまっているのだと、確かな気持ちでそう思ったものである。山にかこまれて暮した子供らにとって海は、そばに育った子らより、いっそう神秘で、眼をつぶると念仏のような波音がして軀《からだ》をつつんだものである。しかし、その海は遠いから幼少の子らは、めったに行ったことがなく、あそぶのは川か山であった。川にはいくつも淵がある。水の青いところで泳ぐのだが、背丈をこすところは、がたろ[*1]が住んでいる。近よってはならぬ、と大人たちはいった。があたろは、子供にとって、もっとも身近かな妖怪《ようかい》の一つであった。こいつは頭のてっぺんを皿のように光らせており、ぐるりに毛をはやし、毛は黒々として、耳も眼もかくれるばかりだと大人はいった。いつも腹をへらしており、それは地獄草紙（寺の壁によくはりだされていた）の餓鬼のようにぽんぽこにふくらました腹をだし、ぬめった足の水かきは、スコップほどひろがっているという話だった。しかし、こいつの姿を見た者はなかった。があたろは、尻《けつ》の青い子を好んで水へ誘い、青いところを喰《く》って、あとは捨ててしまうということだった。それで、私らは、尻の青いうちは川泳ぎはできなかった。どういうわけか、仲間に尻の青いのが大ぜいいた。しかも、その尻は、自分ではみえないので、大人たちに点検してもらわぬと、川泳ぎの禁はとけなかった。があたろと角力《すもう》をとっても勝つ資格がもらえるのは小学六年生ぐらいだろうか。

　村にまま子[*2]の娘がいたそうだ。育ての親たちが、いくら親切にしても、ひねくれた娘は、実子と折合いがわるく、泣いてばかりいた。あんまり泣くので、親たちは、川へ放《ほ》りにいった。「お前みたいな泣きべそは、があたろに喰われてしまえ」とつれていったそうである。ところが、親が川からもどってから、娘は、毎朝、花をつんではあげていた地蔵さまの前を通りかかった。地蔵さまが、娘に声をかけた。「川へゆくならば杖をもってゆかしゃんせ」自分のもっていた杖をぽいと投げてくれたそうな。娘は杖をもらって、川のへりへいって泣いていた。

すると、があたろがやってきた。娘のついている杖をみると、その杖が黄金《こがね》いろに輝いている。があたろは、眼がくらんで近づけず、川へひっこんでしまった。翌朝、親たちが様子を見にゆくと、娘は川原で無心に花をつんでいた。親たちは魂消《たまげ》てしまって、それからは、娘を大切にしたので娘は泣かなくなったという話を大人たちがした。私らはこの話を、川へゆく日はかならず思いうかべ、尻の青いものは、桑の木の枝を杖にして行った。桑の枝が地蔵の杖の役目をしてくれる、と誰かからの教えであった。しかし、五つ六つの記憶の中に、溺《でき》死《し》した子の姿は今日もはっきりある。その子は七つだった。隣り村の長蔵とかいったが、私らより二歳ぐらい上で、ひとりで川へ泳ぎに行って溺れたのだった。死体は、みょうじんの淵の猫柳の根にひっかかっていた。私らがいった時は大人がとりまいていて長蔵は水でふくれ、菰《こも》がかぶせてあった。駐在巡査と役場の人が所見していた。「があたろが喰うたな」といって大人たちは尻のあたりをめくってみている。子供らは息を呑《の》み、長蔵の死体を凝視していた。長蔵に青い尻があったかどうか、いまはわすれた。河童《かっぱ》のしわざであることは確かで、やっぱり、一人泳ぎは、があたろの好餌《こうじ》だという印象はその時からふかまったものだった。

山の谷にも名称がいっぱいあった。みょうじん、きたばた、けつねづか、けこあん、こじきだん、くろか、たんだ、はちまん、などといった名前で、三方山のどこへいっても青竹の生えた小谷はあり、奥は常緑樹の茂ったふかい森になっている。この森をわけ入ってゆくと、急な斜面の山がずり落ちていて九十九折《つづらおり》の道がついていた。どんな遠い尾根にも炭竈《すみがま》はあって、大人たちは炭俵をかついでいった。もっとも、頂上へゆくのは大人たちばかり、子供らは森の手前で帰るならわしだった。春は山いちご、山ぶどう、夏は山桃、秋は山柿、松茸《まつたけ》、山芋、栗、椎など、収穫すべきものがたくさんあった。それで山へ入らぬというわけにはゆかなかった。ところが、けつね塚には狐が、馬の背には子ォとり婆が、くろかの奥には子ォとり爺ィが、きたばたには赤目の爺ィがいた。秋がすぎると、山の神がやっぱり、どこの谷にも顔をだして、子ォを取ってゆくという話であった。私の生れた家は、きたばたの乞食谷にあったので、赤目の爺ィの縄ばりだった。それでお父もお母も、いうことをきかぬと赤目の爺ィにいいつける、とか、爺ィのところへ放りにゆくぞとかいって脅した。私らは五人兄弟だった。私は二ばんめなので兄がいたが、兄はいちど、この赤目の爺ィの顔をみた、といった。それはきたばたの奥へ栗を拾いにいった秋の日暮れで、風が出てきて、急にそこらが暗くなった。その時、山の斜面にある大石のかげから、にゅっと出てきた者がいた。はじめ、炭焼きの大人かとみたが、そうではなかった。やっぱり、それははじめて見る赤目の爺ィだった。顔はシブうちわのように大きく、髪茫々《ぼうぼう》で、目は血が出たように赤くただれ、口からも血は出、着衣はぼろぼろ。手も足も、まっ黒で、毛むくじゃらの腕は、こけがはえたみたいだったという。この赤目の爺ィは、むささびを一匹手にぶらさげていて、兄をみると、来い来い、と手招きしたそうである。兄はもちろん、腰をぬかさんばかりにたまげて、走りもどったが、それからは風のふく日は、めったに、大石のあたりへゆかなかった。私は兄弟の中でもいちばん臆病者《おくびょうもの》だったので、この話をきいてから、山で大石をみれば恐ろしかった。天気のいい日に、いちど、甚五郎山とよぶその大石の穴の入口あたりへ行ったことがあるが、大石をみて眼をつぶって走りぬけている。そこが赤目の爺ィの住み家だと思ったわけである。後年大人になって、やはり、この山へのぼって、大石の上に立ってみたが、石の下には、暗いほら穴があり、兄のいったとおりで、三畳敷きぐらいの広さで、水滴の落ちる洞窟《どうくつ》がのびていた。奥へ入ってのぞくと、仕切りがなくて、奥道はどこへ通じているのかわからない。年寄りはよく、山の穴をくぐってゆくと、信濃《しなの》の善光寺の戒壇下までとどくといったものだが、そんな穴だったか。

子を取りにくる山の神も、爺ィも、婆も、みなこのような大石の下の洞窟にいて、大鍋をもっており、取った子を煮てくうという話は誰からきいたかわからぬが、かなり、これは、鮮明で具体的なのである。ある大人が、子をとられたものだから、山へ入って、子はおらぬか、子をもどしてくれ、と、よばわりながら入って行った。するとやっぱり、森の奥に大石があった。そこの下の穴に火がもえていた。戸のようなものが立っているので、足をとめてのぞくと中からめらめら火の舌がみえる。そこで、戸をたたき、

「はいってもよいかいのう。中の人よォ。うちの正《ただし》をしらんかのう。日のくれに山へ入ってもどってこんじゃのに」

というと、中から声があり、戸をあけて入らんせというた。大人はよろこんで、戸をあけた。と、大きな炉に大鍋がかかっており、ぐつぐつ何か煮えている。炎のあかりの向うに、あぐらをかいた婆が、白髪をふりみだして、大口をあけていた。口から血がしたたり、眼は、御影石の玉のようにきらついていたそうな。びっくりして、足がちぢこまった。けれど、大人は、

「子を知らんかのう。正をしらんかのう」

と問うた。すると婆は、

「その子ォなら、いま、ちょうど、煮えるところや。ここへきてみやんせのう。大ぜい子がおるで、誰が正やかみわけがつかんが、よく見やしゃんせ」

といって、火にかけた鍋のフタをとってみせたそうな。大人は、寄ってのぞいてみた。鍋

の中に五、六人の子の顔や足やら手やらが煮えておるのでおったまげて、走りかえった。こういう話をきいた夜は、とても眠れたものではなく、家を囲む山々の黒い森が、大きな音をたてて、私らをつつみ、ある夜などは、赤目の爺ィも、白髪の婆も、子ォ取りの爺ィも、山の神も、一しょくたになっておしよせ、それぞれの顔や頭は山の谷の形のちがうように、みなそれぞれちがって、得体のしれない形相だった。山は恐ろしいところだ、という印象は、今日になっても消えないのは、そのせいで、とりわけて、風のふく夕暮れは変な気がする。風がふくと、赤目の爺ィが、ほら穴の戸をあけて山を降りてくる。これは信じてよい。

あれは、十一月に入って間もない頃で、たぶん二百十日も彼岸もすぎて、きたばたやけこあんでは百日紅《さるすべり》の花がちりはじめる頃だった。快晴のよくかわいた一日だけ、山の神が休む日があった。この日は、どういうわけか大人たちは、木出しにも、炭焼きにも、芋掘りにもいかなかった。一切の山仕事を休む日なのだ。この日は山の神も休むという。子供にとっては、嬉《うれ》しい日であった。どこの山へ入っても、子ォを取る爺ィも婆も休日で寝入っているか、どこかへ出かけて、棲家はからっぽのはずだという考えから子供も安心して山へ入るのだった。私らは隊をなして、弁当をもって出かけた。森をくぐって、山の背へあがると、そこには、ぱんぱんにかわいた平地があった。名前もわからぬ花がいっぱい咲いていた。道はどんどんつづき、てっぺんへゆくと、北の彼方《かなた》に遠い青い海がみえた。海はあこがれの紫紺の色をしていた。釈迦浜も、地蔵のはなも仏谷も、青くかすみ、磯へ塩をふりかけたように波が散り、入江はちりめん皺《じわ》のように細かく陽をあびて輝いていた。山の神の休む日だから、風もふかなかったのかもしれない。若狭は、いや、世界ぜんたいが平穏な気がした。私らは、そのてっぺんの陽だまりで弁当をひろげ、竹筒の水を呑み学校でならった歌をうたったものである。山の妖怪どもは山を留守に、どこへ出かけたのだろう。その行先を教えてくれる大人はいなかった。しかし、私らは、日の暮れまでそこにいなかった。たぶん、三時頃には山を下りた。山の神や爺ィ婆どもが、帰ってくるのは日暮れだという智恵があったからである。左様。夕暮れどき、この時刻はやっぱり山にいない方がよい。

「黄昏を雀色時といふことは、誰が言ひ始めたか知らぬが、日本人で無ければこしらへられぬ新語であつた。雀の羽がどんな色をして居るかなどは、知らぬ者も無いやうなものゝ、さてそれを言葉に表はさうとすると、段々にぼんやりして来る。これがちやうど又夕方の心持でもあつた。即ち夕方が雀の色をして居る故に、さう言つたので無いと思はれる。古くからの日本語の中にも、この心持は相応によく表れて居る。例へばタソガレは『誰そ彼は』であり、カハタレは『彼は誰』であつた。夜の未明をシノノメといひ、さては又イナノメといつたのも、或はこれと同じことであつたかも知れない」

柳田國男「かはたれ時」の一節であるが、この文章を読む時に、私は、山の神の休日に、快晴の海を見に山へのぼり、一年に一度だけのその楽しみを、まだ満たされぬうちに三時頃がきて、急に裾《すそ》の森の方から、押しよせてくる夕暮れのかすかな色のけはいを感じ、恐ろしかったことを思い出すのである。誰かがやってくるような、誰か知らぬが、それは「誰ぞ彼は」といった誰かである。誰かは裾の暗い方からやってくる。その感覚を今日ももっている。柳田氏の文章をいまうつしても背後にそれを感じる。山の神や婆や爺ィや、赤目の爺ィたちはその日里に出ていたかもしれない。手に手にむささびや、子供やの獲物をぶら下げて、自分自分の猟場からもどってくる。そうして山へ帰って火を焚きはじめるのが夕暮れどきであった。

「鬼と旅人とをほゞ同じ程の不安を以て、迎へ見送つて居たのも久しいことであつた。ところがその不安も少しづゝ単調になつて、次第に日の暮は門の口に立つて、人を見て居たいやうな時刻になつて来た。子供がはしやいで還りたがらぬのもこの時刻、あても無しに多くの若い人々が、空を眺めるのもこの時刻であつた。さうして我々がこはいといふ感じを忘れたが為に、却つて黄昏の危険は数しげくなつて居るのである」

夕暮れ時は、人びとが、ケソメキ[*3]たち、めったに見られない人びとが、風のように急いで村々を過ぎてゆく時刻だという柳田の発想は、確かに私にもあり、これは山の中でのことではないのだが、山を背負った里の戸口に立っていると、この印象は夕染めてくる野面をふく風の中にある。ゆきすぎてゆく者たちの中には、尋常な人の姿をした鬼や婆や爺ィや赤目の男らがおり、それらの得体のしれぬ人物は、山へいそぎ帰る、と私は信じたものだ。そうして、確かに、そのような人びとの歩く音を私はきいた。姿のみえない行き人の音は、かなしいものであった。また、したたかにこわいものであった。そのうちに夜がきた。夜がくれば、仏の名の多い島や岬のはなのある釈迦浜へよせる波音がきこえ、眠ろうとする私をつつんでなかなか眠らせなかった。

　さてここで、けつねづかのならず者に挑戦したトラゾウの話をしなければならない。けつねづかの狐は、毎晩、村へやってきて、人をだましては喜んでいたそうな。村の若い者らが集まって、何とかして、狐をやりこめたいもんやと、相談したそうな。トラゾウという豪気な男がいて、わしが一つ狐をやりこめたる、こわいことなぞあるもんか、といきまいた。するとトラゾウよ、われのようなもんでも、狐はだましてしまうぞよ。やめた方がよい、とほかの者らはとめたそうな。けんど、トラゾウは、豪気やったで、一人でけつねづかへ行って、狐の出てくるのを待ったそうな。狐は九時頃に出てきたそうな。狐は素のままで出てきて、「ようトラさん」というたげな。「クソたれめ、お前がこの谷のけつねか、いくらお前がわしをだまそうとしても、わしがあべこべにだましてやるわい」こないいうて、トラゾウは身がまえた。と、眼の前におったけつねは、ぱっといなくなって、トラゾウの前には、きれいな着物を着て、まげをいうた嫁さんが立っておったそうな。その何とも、美しい顔で、きゃしゃな姿であったことか。トラゾウはごくりとつばを呑んで、「なになにこんなことにだまされてたまるものかえ、狐よ。お前が、嫁にばけたくらいのことはわかっておるわい」とトラゾウはいうた。すると、嫁は、そこに落ちておった木の葉を一枚ひろって髪においた。と、何と、それは金色のカンザシになった。「ふふん、そんなことでたまげんわい」トラゾウがなおもみておると、また足もとに落ちている木の葉をひろった嫁は髪においた。と、それは、銀いろの笄《こうがい》になって、ちゃんとおさまり、笄のはじには、べっこうの朱の玉までついている。「そんなことでもだまされんわい。狐め。わしは正気だ。さあ、化けの皮をはげ」とトラゾウはいうたげな。すると、嫁は、「トラゾウさま、何をいうてなさるんや。さあさ、わたしの家へゆきましょう」というて、けつねづかの方へ歩いてゆく。トラゾウは、ついてゆく。と眼の前に、大きな土蔵づくりの家があった。戸があいていて、土間の向うに火がもえている。嫁は、さあお入りなされと、戸口でていねいにトラゾウを招じ入れたそうな。トラゾウは家へあがった。すると、イロリのはたに、嫁の母親がおって、「ようこそおいでなさんした、さあさ、まあ、火にあたっておくれ」と座蒲団《ざぶとん》を出したげな。トラゾウはそこで、

「おっ母よ。わしはいま、外で狐におうてきた。その狐がこの嫁じゃ、わしは、この嫁の正体をみせてやる、さあ、みておれ」

トラゾウは薪箱にあった太いのを一本ひきぬいて、嫁を殴りつけて、

「尻っぽ出せ、尻っぽ出せ」

というた。嫁は、たおれてきゃアと音をたてて逃げる。それを押しとどめたおっ母が、

「トラゾウさん。何を手荒なことをなさる。これは正真正銘、おらの娘、けつねなんぞであるもんか」

というた。トラゾウはそんなことに耳はかさず、薪をふりあげて、嫁を追いかけて尻をたたき、

「このけつねめ、尻っぽをだせや、尻っぽをだせや」

とどなったげな。とこの時、表を通るお寺の和尚さんがいたげな。家の中の音があんまりはげしいもんで、中をのぞいて、

「トラゾウさんや。何をしてなさる」

といきりたつトラゾウの手をとめなさった。トラゾウは、和尚さんに向って、かようしかじか孤めにだまされて、ここまできて、負けてはなるものかとこらしめとるのや、というと、和尚さんは、ふふふとわろうて、

「トラゾウさんや、お前さんのいうことは正しい。それは狐かもしれん。したが、それでは、豪気なお前さんを、ひとつ、わしはお釈迦さんの弟子にして、立派な管長さんにしてみせるがどうや、寺へきなされ、どうや」

トラゾウは管長さまになれるときいて、「ええいくそ、けつねめにかかって、いらぬ時間をとったわい」と、和尚さんのうしろについて寺へいったそうな。和尚さんは、本堂に入ると、お釈迦さんの前で、手を合わせて、何やら経をよんでから、おもむろにトラゾウをすわらせ、ふところからカミソリをとり出して、トラゾウの頭をそりはじめたげな。すると、この時、寺には大ぜいの小僧がおって、まわりにきてお経をよみはじめたげな。

ちょうど、この時刻に村の若い者らは、けつねづかへいったトラゾウがもどってこんので、どうしておることやと見にいった。と、寺の前に音がする。何だと、本堂をのぞいてみると、大ぜいの狐の子らが、親狐にカミソリで頭をそってもらっているトラゾウをとりかこんで、

「なむからたんの、とらやあや、耳もそろかやとらやあや、なむからたんのうとらやあや。鼻もそろかや、とらやあや」

というとったげな。若者らは、それで棒をもってなだれこんで、狐らをおいはらってトラゾウを助けたそうやが、それからは、さすがのトラゾウも、けつねづかへはゆかんようになった。

私らは、この話をきいて、けつねづかへゆくと、そこに頭を剃《そ》る狐がいると信じたものであった。しかし、このはなしは、けこあん谷にもあって、やはり、ここに狐が尼にばけているというはなしをきいた。どういうわけか、大人たちのつくり話には、子供をよろこばせる部分があったものの、あとには和尚さまや尼が出てきて、終りになるのが多かった。また、「ある寺に和尚と小僧がいたげな」というぐあいにはじまるのもあった。ある日、和尚の留守のうちに、ぼた餅をだまって喰った小僧が、和尚の足音がしたので、のこりの餅をかくそうと、松の木の下にうめた。その時、小僧は、「蛙《かえる》になれ、蛙になれ」といってうめた。和尚がやってきて知らぬ顔で部屋に入った。と雪がふってきた。小僧は松の木の根のぼた餅の場所がわからぬようになると大変だと思って、「雪ふりてしるしはまつとともに下は村里何と何やら」と書いた立札をしておいた。朝、目をさました和尚さまは、あれは何じゃと問う。小僧はいう「雪ふりてしるしはまつとなりにけり下は村里何と何やら」これならば、一休ばなしにも出てきそうなものだけれど、父も母も、いろりのはたで、このようなはなしをしたものである。また、わが生家には、三十代から全盲の祖母がいて、この祖母は盲目の者にありがちな話ずきだった。あるいは、ぼた餅小僧のはなしは祖母だったかもしれない。私はこの全盲の祖母が死亡して五年目に、寺の小僧にやられた。すなわち、京都の相国寺本山へ、父が大工職だった縁筋の世話で出家したわけであるが、十一歳で得度式をあげてもらう時にも、村でおそわった和尚と小僧のぼた餅ばなしや、けつねづかでトラゾウが頭をそられた話などを、念頭にうかべながら、得度したことをおぼえている。

親からきいた話だとか、あるいは、村の古老からきいた話の中には、民話はお伽話《とぎばなし》的な内容で私たちの心に入った。しかし、この古老や父母の話の中には、いわば、ノンフィクションといってもよいような、村で起きた事どもについての話というものがあった。それは、たとえば、明治三十三年に若狭地方にコレラが蔓延《まんえん》し、六十三戸の戸数のうち三十戸にその病人が出て、三十三人が死んだとか、あるいは、どこそこの長男が、神戸《こうべ》へ働きにいってて、そこでチブスをもらって帰ってきて、村の者らにもうつして、十二人が共同病舎で死んだとか、あるいはまた、明治四十三年に、天然痘がはびこって、十二人が死に長左衛門の爺ィと忠右衛門の爺ィだけは生きのこったけれど、顔はいま見るようにあばたになった、というようなはなしである。内容はとにかく、村の出来事ではあっても、それらが、みな死人に関わっていたことも、いささか、偏向の感はあったと思うが、子供の頃にきいたこのような話さえも、私の心には、遠くすぎ去った事件だという認識はあっても、それらは、山の神や、赤目の爺ィや、きつねづかへいったトラゾウと同じ世界の住人であって、ノンフィクションのもつ社会性や現実感は、父母や祖母の期待したようなものとなって入らなかった。私らというより、私にとっては、あばた顔の忠右衛門の爺ィさまも、長左衛門の爺ィさまも、明治四十三年の天然痘騒ぎの犠牲者というよりは、その容貌《ようぼう》からくる恐ろしい妖怪さにあった。そしてその顔は、かつて、兄がみたという赤目の爺ィの顔に似ていて、さぞかし、忠右衛門爺ィのようなただれた顔であったかもしれぬというふうに考えられる。お伽話や民話の中に、現実は埋没されていったのである。そうして、いま、私の頭にのこっている鮮明な民話の主人公たちは、みなこのように、現実にいた人びととかさなって、より現実性を加えるのである。そのゆえに、在所《ざいしょ》の黄昏《たそがれ》は、物悲しかった。すなわち私の生家のある谷の上から、六十三戸の家がみえる。それぞれの風格と個性とをもった家々は、せまい敷地に、あぐらをかいたり、しゃがんだり、立ったりして勝手なたたずまいをみせてひしめきあっているが、そこに住む人々は、あえば「よいお天気やのう」と子供の私にさえ声をかけてくれる好人物でみな笑顔にみちあふれていたにしても、黄昏時だけは、柳田流にいえば雀色の風がふいており、急にこれらの人々は、それぞれの家の中にとじこもった石となったり、木になったりして、不動の姿になって静止し、かわりに、名もわからぬ、顔もふたしかなところの、旅の人びとが、そこここを動きはじめるのだった。そうしてその人びとの中には、があたろに喰われて死んだ長蔵の顔があったり、肺病で死んだはずの、観音堂よこの藤兵衛の久七さんや、母方の祖父で中風で寝たきりだった文左衛門爺ィであったりするのであった。私だけが兄弟じゅうでいちばん臆病者であったことは確かではあるが、とりわけて、妖怪に対する恐怖感はつよくて、その妖怪どもは、ごく身近かな人の顔をして、声をかけるような気がした。それが、わが在所の黄昏であった。土着ということばは、大人になって私が知ったことばである。信仰ということばも同断である。土にくるまって、若狭のあの谷で幼少時をおくった私に、仏の道を説いた大人は一人もいなかったが、したがって、死についてのことなども、この目で見た人びとの死だけがのこっていこそすれ、それが釈迦の説く生者必滅の姿であったと、説いてくれる者もなかった。したがって信仰は、いまも、子供の時のように、あり得べくもないのだけれど、田舎の民話をきいたり、したりしていると、私は田舎の土で眠っている人びとの中へ入りこんでいく自分を意識する。このことが、奈辺《なへん》の力によってそうなるか私にはわからない。黄昏の色につれて歩く人の姿が「誰が彼か」わからぬようなこととそれはかさなるのかもしれぬ。

＊1　河童《かっぱ》。＊2　継子。血のつながりのない子。＊3　「懸想めき」か。この文脈では、思い乱れぐらいの意。

II

しゃかしゃか

毎年二月十五日がくると、「しゃかしゃかが来た」という。

この日は朝早くから、村じゅうの家の誰かが起き、満六歳以上の子は、暗がりから装束して外へ出た。男の子も女の子もである。部落の戸数は六十三戸あったが、多い年まわりは百人近い子が、暗がりに家を出て、六十三戸を、「しゃかァしゃかァ　鳥の糞《くそ》ッ」といって走り廻った。そして家の戸口にたつと、ひと声大きく「しゃかァしゃかァ」とやる。と、どの家も閉めていた大戸を五寸ほどあけて、中から、菓子だの、豆だの摑んだ手がのぞいた。子供らは、それを袋にさし入れてもらって、「しゃかァしゃかァ　鳥の糞ッ」といって、また次の家へ走りこんでいった。門付けのようなことをしたとみてよい。

しかし六十三戸の家を隈なく廻るのは骨が折れ、しかも、暗いうちでないと、戸があかないという慣習にもなっていたので、すべる雪の上を子供らは、われ先にと争って家々を廻った。どの子も大きな袋を首につるしていた。その袋の口は、首にまわした紐をゆるめると、自然とあくように出来ていた。六十三戸廻ると、袋はいっぱいになって、首が痛かった。

二月さなかのことだから、雪の多い年まわりは、小さい子の背丈をこすほど積ったし、家の軒はまた屋根ずり雪で高くなっていた。吹雪《ふぶ》く日などは、戸口が見わけにくいほどだった。それでも、子供らは、白息を吐いて廻った。走るのは、先へゆかぬと、いい貰い物がなくなってしまうという利己心もあったし、また陽が出てしまえば、どの家も寝てしまうというおそれからである。

岡田部落は、せまい谷にある。末広のかたちで、野づらから村へかけて高みになって山峡へ吸われている。そこに金持ちの家も貧乏な家も、まちまちの向きで、平家、二階家、杉皮ぶき、藁ぶき、瓦ぶきと雑多で、住んでいる人の顔や性格がちがうように、家々は、しゃがんだり、あぐらをかいたり、立ちはだかったりしたように子供には思えた。

また子供らは、親しい家や親しくない家や、恐ろしい親爺のいる家や、やさしい嫁のいる家やをもっていて、その日、それぞれの家を廻るのに、いいしれぬ感慨もあった。この日は、いかなる家でも廻らねばならない。物を貰えるという楽しみのほかに、恐ろしい親爺のいる家でも、堂々と入ってゆける気楽さもあった。「しゃかァしゃかァ　鳥の糞ッ」といえば、どんな家だって五寸ほど戸はあく。六十三戸を廻り終えるのに、二時間半はかかったかも知れない。確実な記憶はないのではっきりしないが、すませて家につく頃、陽が出たから。親たちは待っていて、子供らが袋をあけ、板の間に六十三戸の貰い物をひろげるのを興味ぶかげに点検した。

「そっちのかりんとうはどこがくれたかいうてみぃ」

「七右衛門の爺《じ》ィさまや」

「七右衛門の爺ィさまは中風で寝とる。手はちごうたじゃろ」

「暗うて誰の手じゃか見えなんだ」

「あっちの煎《い》り豆はどこじゃ」

「八左衛門の嫁さんの手じゃった」

「阿呆こけや、嫁は臨月で里へいっとる。白い手じゃったなら、京からもどっとるおタネや」

子供らは戸の外で、五寸ぐらいのスキマから出た手しかおぼえていなかった。爺婆の手か、若嫁の手かぐらいは見分けはつくものの、すぐ次の家へ走らないと、陽が出る。そうゆっくりかくれている顔を見きわめるわけにはゆかなかった。

六つで初めてこの行事に参加して、十で村を出たから、たぶん、七つか八つの時の「しゃかしゃか」の思い出だが、部落から一軒だけ離れている木挽《こび》きの忠兵衛へ行こうとすると、雪の降りしきる道に足あとがついていない。まだ誰もがいっていないことがわかった。ふと、忠兵衛は貧乏なので、毎年、煎り豆かつるし柿である、菓子などめったにない、先を急ぐ子らは、ここだけはあと廻しにしたか、それとも省略したか、そう思った。こっちもやめて、よそへゆこうかと思うが、しかし、よくみると、暗がりの山裾にぽつんと燈がみえる。走っていった。

「しゃかァしゃかァ　鳥の糞ッ」

中から声がした。

「誰やァ、どこの子やァ」

「六左のつとむやァ」

とこたえた。戸が大きくあいて、白髪ぼさぼさの婆ァがにゅっと顔をだした。

「お前、こんな遠いとこを来てくれてまあ、さあ、仰山やるぞ。みんな持ってゆけやァ」

枡に手をつっこむと両手で大摑みに煎り豆をくれた。豆は、煎りたてで温かった。

「しゃかァしゃかァ　鳥の糞ッ」

と私はいった。

「きばってゆけッ。いくつになったァ」

と婆ァが私の年をきいたように思う。私は返事しないで走り消えていた。村ぐちへくると、三、四人が待っていた。「何やった」と貰い物をきいた。「豆や」というと、みなは廻れ右して別の家へ走っていった。なるべく、労をはぶいて、金持ちの家のよい菓子を貰おうとする気風が子供らの中にあった。私にももちろんあった。

「しゃかしゃか」は春先までのおヤツがもらえるので、私らにとっては、一年の暦でもっとも嬉しい日の一つであった。だが、家にある暦をめくってみても、二月十五日の欄には「しゃかしゃか」と書かれていなくて、涅槃《ねはん》と書かれていた。不思議でならなかった。

この日が釈尊が亡くなられた日だとわかるのは、京都の寺へ小僧に出てからであった。行った先は相国寺の塔頭《たっちゅう》だったが、二月十五日はお釈迦さまの命日であり、それは涅槃の日だと教わった。はじめて、「しゃかしゃか」がわかった気がしたが、なぜ「鳥の糞ッ」とひとことつけ加えたのか、そこのところはわからなかった。それで、和尚さまに、村を廻った早朝の「しゃかしゃか」をはなしてみて、わけをきいたが、

「おもしろいことをするもんやな。初耳や」

といっただけで、説明はなかった。初耳なら説明のしようもなかったろう。しかし、ちょ

っと淋しかった。せめて尋常科卒業ぐらいまで村にいたら、村の誰かが、教えてくれたかもしれない。父も母もあの行事については何もいわず、ただ大袋をだしてくれただけであったから。

釈迦が亡くなった日なら、その冥福を祈るために、村じゅうの人たちは子供らに布施して、涅槃の日を心に抱いたか。これものちの知恵がいわせるのであって、子供の私には「しゃかしゃか」は「鳥の糞」と同じようなもので、格別に意味はなく、ただそういえば、物が貰えた楽しみがあっただけのことであった。だが、京にいても、二月十五日になると、いまごろは村の子らは、と想像した。

なぜに、この日、村の人らは大戸を五寸ぐらいしかあけないで、顔をかくしたのか、そこのところを不思議だとも思った。陽が出たら取り止めになるというのもわけありげであった。そうして、一軒家の忠兵衛の婆さんが、誰も来てくれないのによくきてくれた、と大摑みにして豆をくれた顔も思い出されたのである。

ついこのあいだ、神戸聖福寺の師家山田無文老師と会談する機会があって、話の端に、老師が、われわれが日常生活のうちに、無意識に仏教からくる心をとけこまして気づかない慣習の一つ二つをはなされたのに、あいづちを打ち、こんな話をどう思われるかと、「しゃかし

ゃか　鳥の糞」の行事を説明してみた。すると、

「はじめてきく行事ですな。おもしろいですな」

としきりに感心される。

「不思議なことに、その日は寺へだけはゆきませなんだ。どうして、寺の人が物をくれなかったのか、理由はあるんでしょうね」

ときくと、

「寺の和尚は人から物を貰うてくらしておるで、人に恵むところまではゆきませんやろ」

老師は髭をなでて微笑された。それでもまだ得心がいかなかった。菩提寺は万年山西安寺といった。相国寺派の三等末寺であった。奥さんもお子さんもいる住職さんで、私はこの人の世話で、小僧になれたのであった。私にはやさしい和尚ではあったが、なぜに、この「しゃかしゃか」の日に、子供らが寺を省略したのか不思議でならなかった。仏涅槃の日なら、寺へゆけば、いっそう何かが貰えたろうに、それが無かったとは。

これもあとの知恵だが、仏涅槃について気にかかることが一つある。宗門立の中学で習った仏教史で、当然、釈尊の一生が出た。死はじつは何年何月だったかはっきりしていない。学界の定説では、紀元前四八〇年頃ということだが、確実なことはわからぬ。したがって降誕

の日も、涅槃の日から逆算して紀元前五六〇年頃と推定されているという。年も月もわからぬ一日に、八十歳の釈尊は、野豚をたべすぎ、激しい下痢症状をおこして病床につかれ、間もなく臨終に入られた。この時、枕もとにいた阿難陀《あなんだ》が、如来の死後の処理を心配して、ご遺骸はいかがしたらよいでしょうと訊くと、

「阿難陀よ、汝ら出家は如来の葬式のことなどにかかわりあうこともない。汝らは真理のために怠らず努力して暮すがよい。阿難陀よ。如来の葬式のことは、篤信の在家の者らがやってくれるだろう」

と釈尊はこたえられた由である。つまり、仏陀は、修行にいそしむことこそ僧のつとめであり、人の葬儀などにかかわりあってはならぬ、死人の衣をはいでたべるようなことをしてはならぬ、それは出家の仕事ではない、俗人のする仕事だ、といわれたとみてよい。

私はたぶん、このことを、十六、七歳で習ったのだと思う。もうこの年は中学生だから、得度式もすんでいて、経文もよめたので、一人前の沙弥《しゃみ》＊1だった。寺へ帰ると、塔頭寺は毎週一度は葬式があった。法類寺＊2から役僧がくる。和尚たちは、みな色の衣を着、色の袈裟《けさ》をかけている。施主の格式に応じてその色も変った。

また、私もそれらの法類寺へ出かけ、維那《いのう》をつとめた。回向文《えこうもん》をよみあげる役である。回

向文をよみながら、不思議に思った。お釈迦さまのいわれたことと、和尚さんたちのやっていることはちがうではないか。阿難陀は、のちのちの出家に、釈尊の遺訓を告げなかったのだろうか。そんなはずはあるまい。本山経営の中学で、ちゃんと教えられたのだから、王舎《おうしゃ》城《じょう》結集《けつじゅう》*3は生きているはずである。

生意気ざかりの年まわりだから、和尚たちが色衣を着て葬式に憂き身をやつす姿に、かすかな軽蔑を感じつつ、私はまもなく寺を脱出し、そのまま還俗《げんぞく》して今日に及んでいるのだが、この不思議な思いはいまも消えていない。

わが在所岡田部落では、いつから、部落の在家だけが、寺ぬきで、「しゃかしゃか」をはじめたのか知らない。また何の目的でやったのかも、たしかなことは知らない。しかし、いま気になるのは、私たちが「しゃかァしゃかァ」といったあとに「鳥の糞ッ」とつけ足したことばの意味である。いつの日か、在所へ帰った日に、旧友と、幼い時分のことをはなしあった時、涅槃の日の行事にふれ、「しゃかァしゃかァ」といった時に、「鳥の糞ッ」とつけ加えたことについて訊いてみると、この友は、

「それはたぶん、誰か上級生が、雪の上を走っていて、鶏の糞を踏んだのとちがうかいな。うしろから歩いてくる者に、そこに糞が落ちとると教えたのが、あとの者が嬉しがって、いう

ようになって、それがうけつがれてしまったのではないかな」
といった。なるほどと思った。たしかに、暗がりの雪道に、犬の糞や、鶏の糞が落ちていた。それは白雪の上なので、子供心にも気持のよいものではなかった。友人の一説は正しいかもしれぬと思う。理屈はなかった。それは、この「しゃかしゃか」の行事について、私がその後、仏門に入って、訊ねてみた和尚さん連中から確たる返事がもらえなかったのと同じようなことで、行事には、じつは理屈はなかったのかもしれぬ。山田無文老師でさえ初耳だといわれた。

そういえば、わが在所のこの行事は、若狭一円のどの集落へいっても見かけることはなかった。六十三戸の寺ぬき行事であった。

二月十五日には、しゃかしゃかの日がやってくる。その日がくると、六歳以上の子らは早起きし、暗いうちに六十三戸の家々を廻る。家々は大戸を五寸ほどあけて、子供らに菓子をくれ、豆をくれる。あるところはつるし柿もくれる。それでよい。仔細はない。大戸を五寸ほどあけて、人びとがめったに顔をみせなかったのも、寒い朝のこと故、吹雪の風がスキマから入りこむ、だから手だけだしたのかもしれない。そうだ、忠兵衛の婆さんだけが、がらりと大きく戸をあけて、私をむかえてくれたではないか。

不思議なこの子供と大人の連帯行事は、昭和十八年の二月をもって廃止された。戦争がきびしくて店頭から菓子類が消えたためだという。菓子でなくても、豆でも、餅でも継続してほしいと思ったのは子供らだけだったか。大人たちは廃止に踏み切ったが、「しゃかしゃか」は、その大人たちの中に生きたのである。かくいう私も、行事の理《ことわり》を知らぬままに、信じられる歴史の一つとして心に残し、「しゃかしゃか」が菩提寺をぬいていたことに不思議さと愛着を感じて久しい。

＊1　出家したばかりの少年僧。＊2　同宗同派に属する寺。＊3　釈迦入滅直後、古代インドの国マダラの都ラージャグリハ（王舎城）城外の精舎で行われた集会。

阿弥陀の前

八月十四日の宵に「阿弥陀の前」という行事をやった。十四日は入盆の日で、六十三戸は十三日の夕刻までに、各家の墓所と埋葬地の土饅頭《どまんじゅう》に、真竹の花立てをさしかえ、草むしりして入盆にそなえ、十四日早朝あらためて墓参した。老若男女を問わず、一家そろってゆく。年寄りは団子を入れた重箱を、若夫婦は水差、線香を、孫たちは供花を、といったぐあいで、それぞれ手にし、先ず各家の死人を埋めたさんまい谷に詣でてから、菩提寺の裏にある杉木立の下の墓地で、それぞれの家の名の刻まれてある、大小さまざまの墓碑の前にしゃがんで、供物、供花を置き、線香をくすべて合掌する。村なか道も、さんまい谷へゆく道も、いたって狭いので、六十三組の家の者が出そろうと、いっぱいになる。あとで行く者は帰る者に道をゆずる。誰もが線香をくすべて歩くから、竹藪と杉木立にかこまれた村の屋根は、朝から抹香くさい灰いろの空気につつまれる。

菩提寺は京都の臨済宗相国寺派の三等末寺で、万年山西安寺という。住職の山本黙堂は全戸が墓参を終える午前十時頃から棚経《たなぎょう》に出る。各家は十三日の夜、新しい位牌だけ仏壇から出して、よこの神棚の前にたてかけ、打敷きをしいた上に、新芋、トマト、胡瓜《きゅうり》、南瓜《かぼちゃ》の類を蓮の葉にのせて、和尚のくるのを待っている。和尚は座敷へくると、仏壇を拝まず、新しい棚に向って誦経《ずきょう》する。新仏の出なかった年まわりの家は、五十年前に死んだ曾祖父母のよりは、十年新しい祖父母の位牌といったふうに、とにかく、家でいちばん新しい仏を棚にたてかけて待つのである。和尚が六十三戸を廻り終えるのはたいがい五時すぎている。

その頃から、村の東隅にある阿弥陀堂の前に高張《たかはり》提灯がともりだす。各戸の家の前では迎え火が焚かれる。焚くのは自家製のたいまつで、これも十三日の夕刻に、麻がらの干したものに古藁をまぜて結わえた、子供の腕ぐらいの太さのものであった。燃え滓《かす》は川戸とよばれている洗い川に流してしまうが、川かみから流れるたいまつの燃え滓は、下《しも》へゆくほどぶつかりあい、一ばん下の伊兵衛の川戸へとどく頃は、かなりの量で、時には、まだいぶりながら流れてくるのもある。迎え火が大川へ流れてゆく頃に日が落ちる。

この時刻に、満六歳以上の子供らは、西安寺の表庭へ集まってゆく。手拭いで鉢巻きし、ランニングシャツまたは丸首シャツなどまちまちながら、猿股だけなのはそろっていて、手に手に迎え火よりは大きなたいまつを一本ずつ持っている。少年団長の掛け声がかかると、二列にならんで、幼少者を先頭に、村奥の段の上から村下へ降りてゆき、

「まつはいくど、まつはいくど」

とゆっくりうたうような調子で歩く。

村下の伊兵衛の角までくると、そこからは野がひらけている。穂はらみ期がすぎて、早稲《わせ》などはもう先端が大きくふくらんで頭を下げている。その田の中の一本道を、大川土堤へ向って走るのである。

「まつはいくど」というのは、たいまつが出てゆくぞ、という意味である。子供らの声が門口をすぎる頃から、年寄りや若夫婦らは、六歳以下の子の手をひいたり、背負うものは背負ったりして、伊兵衛の角まできて、土堤の方をみている。子供らは土堤につくと、いっせいにたいまつに火をつけ、ふり廻したり走ったりする。たいまつは子供の柄に応じて大小があるし、子供自身も背丈に差があるので、田圃をよこに区切る土堤の上は、多い年まわりは三十もの火が段になって集まったり散ったりし、赤い顔や、白い猿股が浮きあがって、火はぱちぱちはじき燃える。走るので、幾何学様の線の舞踏を見るみたいである。

「虫送り」という行事である。当村では田に棲む害虫をかように焼き殺すのであるが、なぜ

か、虫殺しとはいわず、「送る」といっている。たいまつは各々一本きりときめられているので、すぐに消えてしまう。それが見物の者らにははかなく思える。人々がそのはかない気持で去り難く立っている村ぐちへ、土堤の子供らは手ぶらになったせいもあって、サンヨサンヨ、という掛け声も勢いよく走ってくるが、帰り道は伊兵衛の方へは来ず、東のさんまい谷の口にある阿弥陀堂へむかう。

阿弥陀堂は、瓦ぶき方形の、間口一間半くらいしかない古堂で、壁も落ち、柱も梁もシミだらけの荒れようだが、須弥壇《しゅみ》があって、破れ格子の厨子が一つ、中に幼児がすわったぐらいの大きさの阿弥陀の坐像がまつられてある。一木造りの粗末な仏で、ほかには何もない。

子供らがくる頃は、堂前の庭は、四隅の高張によく火がついているのでかなり明るい。その燈の下に、鉄いろの鋲がめぐらせてある欅胴の大太鼓と、扁平な真鍮製の鉦《かね》をもった青年団がひとかたまりしゃがんでいる。大太鼓は二人でかつがないと持てないぐらい大きい。青年団は出稼ぎの多少によって、或る年は三人ぐらいしかいないこともあるが、たいがい七、八人はそろっている。その青年団のうしろに、壮年、年寄りの男が十人ぐらいいて、風呂あがりのほてった顔をタオルをまいてかくしている。立縞のゆかたに兵児帯という姿が多い。この周囲を村の女衆がとりかこんでいる。

と、そこへ、土堤から走りもどった子供らがサンヨサンヨとやってきて、ひどくけしきばんでいる。青年団と年寄りらを黙殺して勝手に堂の中へ入って、あらあらしく戸をしめてしまう。破れた壁からはじき出そうなほどに堂は子供でつまってしまう。しばらく静寂がくる。

と、堂の中から、子供らが、

「阿弥陀の前になにやら光る。ごぜの目が光る」

とわめくようにいう。堂前にしゃがんでいた年寄りの一人が、

「兄嫁ごぜの目が光る、目が光る」

という。これは子供らの問いにこたえたように思える。と太鼓の桴《ばち》をもったものが、袖をまくり、二つドンドンと打ち、鉦をもったものが、二つチンチンと打つ。しばらくまた静寂がある。と子供らはまた堂の中から、

「向いの山に竿さしわたすぅ」

という。と、年寄りの中から、

「先はじょじょむけ、もとしゃぐま」

とこたえる。太鼓と鉦が鳴る。この音は、子供の声量に負けそうな年寄りをけしかけるふうにきこえる。子供らはまた、

「向いの山に土ふんどしゃさがる」

といぅ。年寄りがまた、

「廻れば間《あい》の遠さよ、間の遠さよ」

といって、この時、年寄りの語尾が消えるか消えぬまに太鼓と鉦が無茶苦茶にせわしく打たれるのである。これで、このかけあいは終る。

かけあいといったが、誰がきいても、これは子供と大人のかけあい問答に思える。だが、見物人である女たちも、堂の中で叫んでいる子供らも、提灯の下にいる青年団も、このかけあいの文句は、何のために、何をいっているのか、はっきり摑《つか》めていない。笑いこけたり、神妙に耳をすます者もいるけれど、それとて、よくわかった眼つきはしていない。問答はだいたい十分ぐらいで終る。わけのわからない問答ながら、終ってしまうと、急にほえなく思え、淋しい。見物人の誰もにそれが出る。

ほえないというのは当村独自のことばで、べつの語に直すと、心惜しいといぅ意である。もぅ少しかけあいをつづけてほしい、早く終って心残りな気がするといった意味であろう。問答が終ると、堂前は急にしらけてきて、高張が消される。子供らは堂から出て家へ帰る。

「阿弥陀の前」という行事はこのようなものである。うす暗い古堂の中の子供らと、高張の下の大人らとの、わずかな時間の奇妙なかけあいでかもし出される雰囲気は、見物した者でないとよくつたえにくいが、だいたい以上のようなことで、なぜか、村の人は、盆の十四日の朝、「阿弥陀の前が来た」という。承知のように、休みは十四日から地蔵盆または盂蘭盆《うらぼん》といわれる二十一日までつづくはずだし、踊りなどは七日間宵《よ》どおしで行われるのに、「阿弥陀の前」だけは一日きりである。そのようなことからも、女たちには、心惜しい思いがするのだろうか。

私は六歳の時、はじめてこの「阿弥陀の前」に参加した。が、十歳の時に家の事情で、京都の寺の小僧になったので、都合五回しか行事へ出ていない。けれども五十五歳の今日、子供の頃の夏の一日、阿弥陀堂へ入りこんで、何やらわけのわからぬことを、少年団長にいいふくめられて、おもしろがりつつ、大人とかけあった宵がわすれられないのである。

当村の盆は月おくれでもあったので、はやもうその頃は秋風の立つ頃であった。宵はことさら涼気がまし、田の中を走っていると、穂をはらんだ稲の匂いはむれるようで、またはだしのふくらはぎに飛びついてくる蝗《いなご》や、口のはたにへばりつく無数の虫どもを、手の甲で押しやりながら、たいまつ振り振り走った、わけのわからない充実した興奮が、思いだされてくる。私はその後、禅宗寺の修行がつとまらず、脱落して還俗し、今日東京でくらしているが、いろいろな地方へもいったけれど、土地土地の盆行事のなかに、当村の「阿弥陀の前」のような行事に出あったことがない。

なつかしい理由は、大人とかけあった文句の意味が、わからないままに来ていることにあった。正直いって、いまもわからぬ。ところが、不思議なもので、子供の頃は子供の頭で、十四、五の時は十四、五の頭で、二十、三十の時はその時の頭で、この文句を口ずさんでは勝手な解釈をしてきた。あるいは、私が村の他の少年たちのように、せめて尋常六年生卒業ぐらいまで残っておれば、誰かからこのわけのわからぬ文句のわけを聞かせてもらえたかもしれない。

もっとも、六歳の時か七歳の時にか、出場参加した宵だった。暗い夜道を歩きながら、母か父に、いましがた阿弥陀堂の中でみんなというた文句は、どういうことをいうとるのか、と訊いた記憶はある。親たちは「わからんわね」といって、説明してくれなかった。盆はめったに家にいたことのない父だったし、母は無学凡庸の小作人で、ふたりとも無口で、いつもいらだたしげな顔で働き喘いでいた。子供の私に、そのようなわけのわからぬ文句を、説いてきかせてくれる時間も才覚もなかった、と思う。

しかし、このことは、ほかの子供らにもいえて、誰もがその父母から「阿弥陀の前」のことばをはっきり説明できるほど教わっていた形跡はなかった。私もそれに習って、いまも文句は思いだしこそすれ、わけわからぬままにいる。おかしなもので、東京でくらして三、四十年たつが、何かの拍子に、この「阿弥陀の前」の文句が飛び出て困ることがある。今日、私はこの文句を次のように翻訳してみている。

「阿弥陀の前になにやら光る。ごぜの目が光る」

阿弥陀堂の中へ入って、戸のスキマから外をのぞいてみたら、何やら光るものがみえるので、よくにらんでいると、それは表に佇んでいるごぜの目であった。ごぜは三味線をかかえ、こっちをみてつっ立っているが、サザエのフタみたいにつぶれた両眼が、いま、高張提灯のあかあかとした光りにうつしだされて、目のあいた女のように、ふたつ眼玉が光っている。

「兄嫁ごぜの目が光る、目が光る」

兄嫁よ。出て見やれ。お前さんのいうとおりだ。ごぜの目は目あきのように光っておるわ。そら光っておるではないか。

「向いの山に竿さしわたす」

わしらの村の真向いにみえる山田部落の山はなだらかで牛が寝たように見えるが、夜目にもそれがいま黒々としており、その頂上のあたりから、一本の竿をさしわたしたように、ひとすじの光りが走ってくる。その光りは何じゃやら。

「先はじょじょむけ、もとしゃぐま」

おお。その竿のような光りは、谷の黒い夜空に、たしかな線をひいてくる。先端はじょじょむけだが、よくみると根もとの方はしゃぐまだ。

「向いの山に土ふんどしゃさがる」

向い山は黒い。光りはだんだんひろくなり、何やら土いろのふんどしが下がってくるみたいだ。こんな光りは何じゃやら。

「廻れば間《あい》の遠さよ、間の遠さよ」

走って、その光りの、ふんどしのようなたれの端に手をふれてみたいが、如何《いかん》せん、半里もはなれているので、おいそれと見にゆくわけにゆかない。それにしても、何と不思議な光りじゃやら。

あてずっぽうだが、五十歳の頭はまあこんなふうに読んでいる。しかし、いま、ここに書きだしていてさえ、わけのわからぬところはある。たとえば、堂前に佇むごぜの眼があいたようにひかるのはわかるにしても、そのうしろを明るく照らしだしている高張提灯の光りが、向いの山に竿さしわたしたようにみえるとは何ごとか。その竿の先が、じょじょむけとはさらに何ごとか。根もとがしゃぐまとは何ごとか。

じょじょむけとは、つまり物の皮がめくれている様子だが、しかもそのむけ方も尋常でなく、じょじょむけらしい。竿の根がしゃぐまにみえるというのも、しゃぐまはあるいは、熊のよび名ではないだろうか。さっぱり、このあたり、具体性をおびて来ぬ。また、廻れば間の遠さよ、も、私がいま勝手にあいを「間」と漢字でふりあてているだけで、もし「愛」であれば、「廻れば愛の遠さよ」となって、意味はもう少しふかまり、精神的となる。

いずれにしても、このかけあい文句は、一年のうちたった一日だけの入盆の日にかぎられていて、村の阿弥陀堂の前でやりとりされるだけなので、子供らも大人らも、ほかの日はこの文句をわすれて暮している。それだけにおもしろくもあり、また一方、不気味でもあった。

不気味といえば、阿弥陀堂の前に佇むごぜの目が、二つ光ってみえるのもそうだし、ごぜは概ね両眼つぶれているのだから、その目があいたように光るというのも気味がわるい。だが、ぜんたいを通して、子供の声、大人の声を、順々にくりかえしながら、つぶやいていると、この文句が、盆八月十四日の、古堂の奥を照らしだした高張提灯の橙いろの光りとともに歌になってよみがえる。

＊

以上の文章は、六年程前に、私がある生花の雑誌に「故郷の行事」と題して載せたものであった。私はこの文章で、わけのわからなかった行事の文句を解釈しているのだが、ごぜの目がサザエのフタみたいに見えた、というのには私の主観が入っているものの、これにはかなり具体的な経験があって信じてもよい。

私の祖母の面影からきていた。私の祖母は二十八歳の時に全盲になって、父をうみ、叔母をうみしたが、私が四歳の時に死んだ。その祖母のことについて、最近、他の作品にも書いたので、くどくどしたことは省くけれど、盲目の祖母の眼は、ちょうどつぶれた眼窩《がんか》を上下から瞼が被い、ヤニが出ているので、サザエのフタのように思えた。四歳までの記憶ながら、これは確かにそうだったと思う。

その祖母は、盲目ながら、村あるきといって、六十三戸の家々にふれごとをいい歩く村小使いだったので、私は歩けない頃から背に負われ、歩くようになってからは手びきして、道を教えた。その一日のことだが、祖母に背負われて阿弥陀堂へいった記憶があって、たぶん、三つか四つだったろう、かすかな光景しかないのだが、堂の敷居ぐちに祖母は腰をかけ、私を床の上へおろしていたと思う。

堂の中央に炉が切ってあって、そこで火が燃え、二人か三人の女がいた。ひとりは白髪頭だったから年寄りにちがいなく、あとのふたりは、赤い襷《たすき》のきものだった。きものといっても、三人ともボロに近い装いで、顔も手足もよごれていたが、いいあわせたように、三人ともが眼がつぶれていた。炉端に三味線がたてかけてあって、炎がゆらぐたびに、三人の女らの顔はよく照らしだされて、眼はみな祖母の眼のように、サザエのフタに思えた。祖母は何かしきりとしゃべっていたようだが、何をしゃべっていたのか思いだせない。しかし、三人のなかの一人がなぜかうつむいたままうごかなかった姿がはっきりある。正面の阿弥陀も、格子の中で、縞目の光りをうけてこっちを向いていた。

それだけのけしきだが、この祖母が死んで二年目に、はじめて「阿弥陀の前」の行事に参加したのである。それ故に、「阿弥陀の前にごぜの目が光る」といわれれば、三人の女の、つぶれた眼が思いうかんでいたものと思う。しかし、そのことについては「故郷の行事」では、文章の目的に多少それてしまう気がしたので触れなかった。

ごぜは瞽女と書く。盲目の女旅芸人のことである。いまは殆ど見かけなくなったが、私が四歳の頃には、よく、村へも来たというから、あるいは、この冬の一日に、阿弥陀堂の炉端にすわって、祖母のはなしをきいていた女たちはその瞽女であったのかもしれぬ。のちに、父母にそのことをきいても確証は得られなかったので、かもしれぬというしかないのであるが、わきに三味線があったこと、祖母がいつになく、はしゃいでしゃべっていたことなどから推察して、それが瞽女の一行であったことは九分どおり、私の中で信じられてきた。

村の阿弥陀堂は、前にもいったように、さんまい谷のとば口にあったから。死人の棺がかつぎこまれて、菩提寺の住職が経を読んで引導をわたす葬場であった。式が終ると棺は身内の者にかつがれて、谷へ埋められにゆく。村人にとっては、つまり、人生の終着駅であり、遠い町で死んだ者でも、ここへ帰ってきて、和尚から引導をもらった。そのため、この古堂は、村なかにべつに建っている観音堂に比べると、放ったらかしにしてあって、瓦も剝れたままだし、壁も落ち、「虫送り」をすませた子供らが、はだしで上りこんであばれても、大人たちは何もいわなかった。子供の頃、この床の上で独楽《こま》を廻してあそんだこともあるが、しかし、その四歳の時に祖母とみたごぜのほかに私はごぜをみていない。だからというわけではないが、入盆の十四日の宵に、堂の中と堂の外とで、かけあいする子供と大人の文句のなかに、ごぜの出てくるのは不思議のようでもあり、また当然のような気もした。

ごぜの目が、高張提灯の光りで、目あきのように輝いてみえたという私の発想も、じつはここからきていて、ややもするとサザエのフタのような眼は、祖母のそれとかさなって、どっちがどっちだかわからなくなってくる。しかし、「向いの山に竿さしわたす」とか「先はじょじょむけ、もとしゃぐま」などといったことと、ごぜの目が光ったこととがどうかかわるのか、いまだに理解できないまま今日に至ったのである。

ところが、先頃、私が六年前に寄せた先の文章をよんださる人が、この行事に興味をもたれ、NHKに紹介されたところから、私のところへ名古屋放送局の大脇なる女性記者から電話があり、もし、いまだにその「阿弥陀の前」なる行事がつづけられているものなら、ぜひとも録画させてもらって、テレビで全国放送させてもらいたい、と依頼してきた。もとより、私にそんな許諾の権利などあるものではないし、文章は六年前のことでもある上に、行事の記憶は五十年近い昔にさかのぼっている。

私の生家の村には昨今、東洋一の原子力発電所が誕生したりしたことで、都市化が一層すすみ、村の事情もすっかり変ったので、いまの子供や若者が、このようなわけのわからぬことを伝承して、一年のたった一日だけの宵を楽しんでいるかどうかもわからないことであった。事実、故郷の者から、盆踊りもしなくなったということもきいていたから、その由をこたえると、大脇記者は、現地へ行って訊いてくる、といって電話をきった。たぶん、それは七月末頃だったかと思う。

それから二十日ほどたって、また同記者から電話があり、行ってみたところ、なるほどそういう行事はあったが、いまは行われていない、しかし、NHKが放送してくれるのであれば、岡田部落あげて、十四日の宵に「阿弥陀の前」を復活再現してもよい、という返事であったので、仕度をととのえて、当日、撮影班・記者などがゆき、約二十分のフィルムに収め、録音もして帰ってきた、という。

手廻しのよいNHKに驚きもしたし、また、日頃は中止している行事を、テレビ放送するならやってもよいといった村の、大きな変りように感慨もおぼえたが、録音されてきた行事の文句について、大脇記者がどのような解釈をしたかに興味が走ったので、

「あんた、撮影に行ってて、村の子供らと大人がかけあっている文句がわかりましたか」

ときいてみると、

「なんだかわかりませんでしたが、奇妙な行事でしたねえ。あんな不思議な行事に立ちあったことはじめてでした。でも、おもしろかったです」

と女性らしい返答がかえってきた。私は、その時、大脇記者が、主に面倒をみてくれたのは七十以上の老人であって、その老人の一人が、いったい、この行事を誰からきいてきたかと

しつこく訊ねるので、私の名を出しておいた、というので多少気がひけた。六つ七つの頃の記憶であるから、今日私の頭にのこっているあの文句が、村の古老たちが、のこしていることばとちがっているかも知れない、という不安も確かにあった。だが、大脇記者が、わけのわからないような行事ながら、不思議におもしろかった、といったことに、ある気やすめもおぼえた。

小原権之丞という七十八歳の爺さんから次の書簡が届いたのも、その放送騒ぎの余波である。老爺の文章はすべて、若狭なまりで書かれていて、固有名詞や、形容詞などに、私たち岡田部落出身でないと判然しがたい箇所がいくつもあるので、私なりに翻案してみることにする。

＊

拝啓、一筆啓上仕ります。

一昨日、ＮＨＫから、あんたの世話じゃというて、アミダのマエを撮影さしてくれ、テレビで放送するというてきたで、わしのような者に、音頭をとる白羽の矢が立ったで、ま、村のためにもなると思うて、どうやら昔どおりのことを、やってみせましたが、何しろ、いまはアルバイト百姓ばっかで、ろくに盆というても、仏の守りもせん連中もおるていたらくで、あのような古い、わっけもない行事を再現するというても、有志をつのるのに一と苦労。しかし、ま、集まった者は、助左衛門、太郎助、六右衛門隠居、六左、七兵衛。ここらあたりは昔から、声もよし、踊りも好きの連中で、日頃から、あの行事の中止をかなしんでおったこと故、気も揃うて、なかなかの出来じゃったと思いますが、子供らを堂に入れて、文句を教えるのも往生しましたわい。

　さて、その時わしは、このアミダのマエの文句について、村の誰もがわけを知らんというんで、死んだ八右衛門の爺さまからきいた古いことを、誰かに教えとかんとあかんと思うた。もう寿命もないことやでのう。それで、誰に教えようかと思案したところ、村の者よりは、東京に出て小説書いてなさるあんたしかうかばんやった。それで、今日は何十年ぶりかで、ペンをとって、あんたにこんな手紙書く次第ですわい。それでは八右衛門の爺さまのいうたことをそのままつたえます。

　なんでも、八右衛門の爺さまがまだ若いころ、十九かはたちの頃、阿弥陀堂へ泊りにきた六十六部[*1]の母娘がおったげな。親は六十前後、娘は三十ぐらいで、親の方がめくらで、娘は両眼あいた手びき女やが頭を剃った尼やったそうな。この者たちは、ひと冬、阿弥陀堂におった。三月末から親が病気になって、堂横の庄左の世話をうけておった。ところが、親の方は六月末に死んだ。娘は親の葬式をすませ、骨は無縁墓地におさめたが、堂は動かずに、それからは村の針仕事やら、畑仕事を手つどうて、くらしたそうな。

村の者らはこの娘のことをエリンさんとよんでおった。なかなかお経をよむのが上手で、一日とて阿弥陀さんの前で経を欠かしたことが無い。こんなまじめな尼さまなら、いつまで居ってもろても邪魔にならん、というて、庄左は餅つけば餅もってゆくし、甚太夫は柿がとれれば柿もってゆくし、八右衛門は米がとれれば米もってゆくといったぐあいで、そこらじゅうから喰いものが集まって、エリンさんは、村の衆らと道であえば、笑顔もつくり、母親の死んだ悲しみもわすれて、その年の秋から冬までおりなさった。

ところがや。そのままでおればよかったんやが、なんと、村の極道者で、女好きで夜這いの第一人者やった清右衛門の権造が、雪のふる夜さり、堂へしのびこんで、エリンさんの軀をくすねにいったわけや。エリンさんはびっくりした。とび起きると堂をぬけ出て、甚太夫の婆さんのところへ泣きこみにゆかしゃった。甚太夫の婆さんは思いやりのある人で、翌日から、うらが一しょに寝てやる、というて、堂へふとんをもってきて泊りこむようになったげな。

そうとは知らず、権造は、つぎの夜さりも出かけていった。権造のもちものは村いちばんの長竿で、誰もが仰天するぐらいのものやった。堂へきて戸をあけたところが、甚太夫の婆さまが寝てござる。これやあかんわいと思うて、大きくいきりたったのを、向い山へむけて立たせ、正面の石段の上に腰かけて、ながいこと冷してから去《い》んだというはなしや。

エリンさんは、この冬があけると、髪をのばしなさったそうやが、村の衆が「エリンさん、髪がのびましたなァ」というと、にっこりしなさり、「はい、不精をしております」というて、うつむいておられたそうや。花の咲かぬ三月末頃に、どこへやら行ったままぷっつり姿を消された。それきり村の連中で、エリンさんに会うたものはおらん。

これがまあ八右衛門の爺さまのわしにいわしゃった話の概要で、つづまるところは、「阿弥陀の前になにやら光る」とくるのは、エリンさんの母親のことらしい。そこで、「向いの山に竿さしわたす」というのは、権造が大きなのを山田の山へむけておったてたことをいうのやし、「先はじょじょむけ、もとしゃぐま」は読んで字の如し。「向いの山に土ふんどしゃさがる」は、権造はいつも醬油で煮しめたようなふんどしをしとったげな、それを庄左の前の百日紅《さるすべり》の枝にぶら下げてから夜這いにゆきよったで、そういうたげな。「廻れば間《あい》の遠さよ」は、阿弥陀の堂へゆくには、どうしても一本道ゆえ庄左の前を通らないかん。庄左の爺さまというう人は、エリンさんのこと思いで、若い衆らが夜這いにゆくといけんと思うて、毎夜さ木刀もってにらんでござったで、権造らは、うら山から廻り道して堂へ向うた。「廻れば間の遠さよ」というのはそれやそうなと、これも八右衛門爺さまの話。

あんたにはもうこれで、これらの文句の出たわけがわかってもらえたと思うが、もう一つ肝心のことをいうておきますわい。

アミダのマエからさんまい谷へゆく途中にうちの藁小舎があるのを知っとるでしょう。わきの草むらに、地蔵様が立ってござる。けさも、わしは藁だしにいって、その地蔵様の軀に彫ってある字を読んできた。こう読めます。

「六十六部供養塚、享保七壬寅九月廿四日為親菩提願主恵休」

地蔵様は首のところに、何十枚というよだれかけをしてもろうておるで、それをめくってよんでみると、午《うま》の年の女何歳、寅《とら》の年の女何歳、と字があって、これはみな、村の女らがいまも信心してまいてあげる布ですわい。ところが村の者らは、この地蔵様の軀に彫りつけてある字をゆっくり読んだものはおらんのや。わしのような物好きな者のほかにありません。

思うにこれは、姿を消した恵林が、母親の菩提をとむらうために建てた地蔵さま。八右衛門の爺さまは、この地蔵寄進のことはなーんもいわんせんやったが、八右衛門の爺さまはケイリン、ケイリンといいなさった。そんな記憶もあるで、あるいは、恵林はケイリンというたかしらん。しかし、地蔵様の字は恵休となっておりますで、エキュウと読むのか、ここのところ、わしにはわかりません。あんたはむかしお坊さんでござらっしゃったゆえ、ここらあたりのことをしらべてみて下さい。

エリンさんが村からおらなくなると、お針を習うたり、唄を習うた女の子らがかなしがり、この子らが大きくなって、毎年、盆がくると、「阿弥陀の前」にあつまってきて、子供と大人が先の文句でかけあいをするのを、笑うて見物しとりました。思うにアミダのマエは、昔からの行事で、文句はつまり、その年々に起きた事をその場でつくっていうたものと思われますが、権造の夜這いと、エリンさんのやさしいつかのまの顔が、村の人らの頭からきえなんだということでしょうか。

わしのながい、ろくでもない話はこれで終ります。NHKはいつ放送してくれるか、日をいうてきよりませんが、わしゃ、先はじょじょむけ、もとしゃぐまと、一と声大きくはりあげておきましたから、さてそのままを放送してくれるものやら。エリンさんの母親の供養にもなろうかと、放送の日を楽しみに、山の奥で炭焼きながらかような考えでおります。

＊

私は小原権之丞さんに返事を書いていない。NHKが、いつ、その番組をテレビ放送してくれるかの報にもまだ接していない。おそらく、早晩、そのしらせはあるだろう。それにしても、「阿弥陀の前」のかけあい文句は以上のようなことから端を発しているとわかってほっとした。何やら、そのようなことも考えられていたからであった。そんなことを考えたのは四十代頃ではなかったかと思う。先はじょじょむけというのではどうもそうとしか思えなかった。清右衛門の権造というモデルがいたとは初耳であった。

「エリンさん」について、私はもっといろいろのことを権之丞の爺さんに訊ねたいと思う。享保の頃[*2]に、盲目の女たちが、阿弥陀堂に泊って火を焚いていたかと思うと、祖母がまたかさなるのである。権之丞爺さまのいうエリンは、手紙の字だと「恵」である。「林」ではなくて「休」ならば手紙のようにエキュウでもあろうか。そこのところも、私にはいま、地蔵をみていないからわからない。こんど帰郷したら、地蔵の彫字を見て、爺さまのところへ立寄るつもりでいる。地蔵にきいてみなけりゃわからないことのようだけれども。

＊1　六十六部《ろくじゅうろくぶ》は、法華経を書写して、六十六ヵ所の霊場に納めて歩いた巡礼者のこと。また、江戸時代に厨子《ずし》を背負って鉦《かね》や鈴を鳴らして米銭を請い歩いた者。六部《ろくぶ》。＊2　享保年間一七一六年から一七三六年まで。

桑子

一、二ど、他の文章で書いたことなので、ここでまた新しく持ち出すのは気がひけるような心持もするのであるが、幼年時代に古老から聞いた「桑子《くわご》」のはなしは、いってみれば、「爺取ろ婆取ろ」とは逆に「子ォ取ろ」の部類に属する話であって、これとても、一種の「まびき」のはなしとして捨てがたかった。

若狭あたりには、最近になって桑を植えるものは少なくなったが、私がまだ少年のころは、丘の段々畑はみんな桑畑であった。アメリカに輸出されていた絹が禁令をうけるころから、食糧増産のかけ声が全国的にひろがり、丘の段々畑も芋や麦をつくる畑に変貌したわけである。しかし、私には、村近くの山裾から、ゆるやかな勾配をつくって、青みどりの桑の葉が、海のように、山をめぐっていた風景は、忘れ去るわけにはゆかない。

何といっても、桑は朱《あか》い実をたべさせてくれた記憶からはじまる。あれは五月ごろであったか。畑いちめんの桑林に、苺のような粒の集まった拇指大《おやゆび》の実が鈴なりになる。背のとどく枝の実だけを千切ってたべるのであったが、そんな時、私たちは、畑のまん中にあいている大きな穴をみつけて足をこわばらせた。穴は、壺のようになっており、ヘリをたたきかためた跡がはっきり見られたから、念入りにあけられたものと思われる。五メートルもありそうなほど深く、底の方はまっ暗でみえなかった。

子供たちは腹這いになってその穴の底を覗いた。蛇や、鼠や、イタチの死骸が落ちていた。何ともいえぬ不気味さに息をつめたものだが、いつやらほどから、この穴はとちなんぴん（むささび）の食糧倉庫だと親たちから教えられ、これが、赤子《やや》を捨てた桑子の壺だとは知るよしもなかったのである。

貧しい家は、子だくさんでは生きてゆけない。だから、三男、四男がうまれると、これを捨てたものだ。つまり、臍《へそ》の緒が切れてまなしに、母親からひきはなして、桑畑の中へ捨てにゆくのである。産婦には、子は寿命がなくて死んだと告げるわけだが、赤子を捨てにゆく任務を背負ったのは爺婆《じじばば》であったろうか。

中には、桑畑のその壺へ捨てはしたけれど、元気のいい赤子がいて、夜のうちに這いあがり、朝露にぬれた桑の落葉の上で、おぎァおぎァと泣いているのを見かけることがあって、こうした子は桑子と呼ばれた。抱きかかえて家に即座にもちかえり、長男、次男よりも大切に育てあげたという。生気に溢れた男子として、尊重したものでもあろう。まさか、このような元気な子が数多くいるわけでもあるまい。おおかたは、壺の中にたまっていた蛇やイタチの死骸と一緒に死んだものと推察される。

このような「まびき」が警察にきこえても、内々にすまされたのは、今から思うと不思議でもあるのだが、当時の貧しい村の生活ぶりを見るに見かねた駐在所が、これを、見て見ぬふりをしたというのも理解出来ないことではない。私など、ふしだらな父親の子として生れた理由もあって、五、六歳のころは、白い飯などたべたことはなかった。麦のまじった黒飯《くろめし》だとか、芋や大根の入ったお粥が常食であった。

米がたりなかった。いや、米は売らねばならず、家の者たちのたべるものは、粗末なあまり米と代用食のほかにはなかったのである。こんな家に、いく人もの子供がごろごろと生れてくれれば、桑畑の中へ、ひとりやふたり捨てにいっても、わからなかったのは当然でもある。今でも不思議に思うのだが、貧しい家にかぎって、どうして、あんなに子が生れたのだろうか。

いずれにしても、赤子を捨てにいったのは爺婆だろう。爺婆は、若い嫁がごろごろと年子《としご》を産むのを見るに見かねて、その苦衷を察して、捨てに行ったのである。

　してみると、これは爺婆が、かつて、自分たちが若いころにしてもらった思いやりを、次の代に返したことになる。いかに貧しい家であろうとも、しゅうとがまだ畑に出られるほどしっかりしている家では、嫁は、自分の縫い物を居間ですることなど許されない習慣であったから、産んだ子の始末もしゅうとのなすままに処置されるのである。この爺婆たちが、足腰たたぬ六十すぎる年ごろとなって、誰いうとなしに、家事を嫁にまかせて、松尾詣《まつのお》りに精進したのは、奇習といえた。

　松尾というのは、若狭の西端にある山、青葉山《あおばさん》の中腹にある古刹《こさつ》であるが、松尾寺と村々ではよんでいた。この松尾寺へ詣るには、岡田の部落から本郷の浜へ出て、浜づたいに、新田、高浜、三松《みつまつ》、関屋とこえて、山裾に到着し、ようやくにして、松尾参詣の山道にさしかかるのである。曲りくねった山の道は巨松が両側に生えていて、九十九折《つづらおり》になっている。中腹にくると、やがて、巨木のあいだに大傘をひろげたようにみえる瓦ぶきの松尾寺の境内につく。一日がかりである。

　朝早く起きて、おこもりのための米、麦、ふとんなど背負い、鈴の鳴る杖をついて爺婆は出かけるのだが、夕方おそくならないと到着できない。峻しい山道だった。近在の村々から、この松尾寺にむかって参詣する爺婆の行列は、蟻のようにうちつづいた。

若狭は仏教国である。禅宗も多いけれど、門徒もあれば、天台、真言の古刹もある。松尾寺は、真言宗である。弘法大師の開山にかかるといわれた。

本堂わきに、高さ数丈の三重の法堂が建っていて、青葉山の巨木の葉が落ちかかる秋末には、ぽっかりと山の中腹に、寺の伽藍がのぞまれた。若狭一帯の信仰の中心らしい風貌を山上に現わすのである。

おこもりというのは、この寺に十日ばかり寄宿して、僧の焚く火にあたったり、読経を聴いたり、念仏を唱えたりして、爺婆が、秋の夜ながを語りあかす行事である。足弱い老軀を高い山の上まではこんで、み仏の前に筵を敷き、念仏を唱える人びとの心境を察すると、考えさせられる。

つまり、爺婆は、桑畑に子を捨て、若者を田畑に働かせて、ようやく今日の年齢に到達したのである。畑に捨てた子の怨霊をはらい落すためであろうか。それとも、貧しかったがために、赤子を捨てねばならなかった宿業のつぐないをせんがために、み仏の前に土下座してひれ伏したものであろうか。いずれにしても、筵に頭をこすりつけ、礼拝する爺婆の数は、毎年、おこもり日がくると百を越えたといわれる。

このおこもりをする祖母について、私が青葉山をのぼったのはいくつのころであったろうか。おそらく、私が五つか六つのころであった。私は、十歳の時に、縁あって、京都の禅寺の小僧になるため若狭を去ったのであるが、私をもっとも可愛がってくれた文左の婆（母方の祖母）の松尾詣りについて山ごもりした記憶は忘れられない。

青郷《あおのごう》の関屋から、高野、今寺の村をこえて、山を縫う道を歩いていくと、足もとに、崖が落ちこみ、波しぶきのあがる難波江《なばえ》の浜がみえたことをおぼえている。

道は、いくつもの尾根をこえ、襞を分け入り、暗い山あいをくぐりぬけていくが、そうした路ばたに、時に、かなり広い墓地のかたまりをみつけた。祖母たちはその墓にくるといっぷくしたものだった。墓地のわきには、必ずのように湧き水があり、その湧泉のそばには、古びた柄杓がおかれていた。咽喉のかわいたものはこの柄杓で水を呑むのである。

墓地は苔の生えた石塔がならんでいたり、くさりかけた塔婆がいく本もさしこまれてあったりしたが、それらの墓のそばに、何やら得体の知れない大きな箱がころがっていた。朽ち果てた板が破れた隙間から、骸骨らしいものがのぞいているのを見た記憶がある。骸骨は箱のフタから頭の部分をのぞかせ、土まみれになって、雨露にさらされていた。

「この墓はな、無縁の墓じゃ」

と祖母は教えた。

無縁の墓とは、いったいどういう墓なのであるか、当時の私にはわかるすべもなかった。後年、禅門に入った私は、それが、よるべのない者の死をとむらい、そこに埋葬したものであることがわかって慄然とした。松尾へ参る途中で、死んだ旅の爺婆がいたものであろうか。それとも、村を出て、おこもりにきたけれども、おこもりがすんで帰村する途中、ふっと、村へ帰るのがイヤになり、途中の樹の枝に首をくくって死んだものであるか。松尾寺の境内ちかい、無縁の墓地に埋められて、信心ぶかい旅人の柄杓の水を受けて成仏したいと願ったか。よるべなき爺婆の死をまつる無縁塔の荒ぶれた光景は、今日でも、私の脳裡から離れ去らないのである。

墓のある場所は、眺めが素晴しく、たもの木や、もちの木の黒い林が割れて、澄んだ空と、広い若狭湾の紫紺色の海が、絨毯《じゅうたん》を敷きつめたように眺められる高台にあった。波がいつも騒いでいた。

まいまいこんこ

私の母方の祖母である文左のお婆《ばば》は、八十五歳まで生きて死んだのであるが、この祖母の死について考えてみても、今日の姥捨の様相を垣間《かいま》見る思いがする。

祖母はもんといった。私は七つまで、この祖母にあずけられて育ったので、前にものべたような松尾詣りにつれていってもらったり、小浜や高浜の町などへも、祭りがあるたびにつれていってもらった。この祖母は、道楽をした夫が早死にして、永いあいだ寡婦をとおして八十五まで生きた。

祖母には、私の母と、母の姉（岡田村に嫁いでいた）と、その下に男の子がいて、男は、早くから京都へ出て、丁稚《でっち》から履物商になり、下京区の八条坊城で下駄屋をしていた。だから、祖母には、その息子の家にうまれた孫たちが四人もいたけれど、内孫の顔をみないで、村にいる外孫である私をかわいがって育てたのである。

私が六、七歳のころは、祖母は、村あるきをしていた。村あるきというのは、村でもっとも貧しい家庭にあたえられる職業である。つまり、区長さんの小使いをする役で、ふれごとをいうてあるく。祖母は寡婦でひとり暮しだから、土蔵だけをのこし、その屋敷を夫の死後、売りはらった。そして土蔵のわきに掘立小舎のようなトタンぶきの家を建てて住んでいたが、早起きすると、まず、区長の家へ仕事を聞きにゆく。死人があれば葬式がいつとか、穴掘りの役目は誰それがするとか、あるいは、衛生掃除がくるから何日までに掃除をしておけとか、石炭の配給があるから何時までにとりにこいとか、いろいろなことをふれ歩くのである。

晩年の祖母は、足腰をいためて、杖をつき、這うような歩き方で、村の坂途《さかみち》をあるきに廻っていたというから、死ぬまでの四十年近い年月を村あるきで送ったといえる。私はその祖母と、死人のある家が出ると、まず、その家の門口をおとずれて、祖母がこんなことをいうのをきいた。

「お婆《ば》んも、せんど寝とらんして、ようようゆかしゃったげな……どんな往生じゃったぞォ」

「ええ往生やった……眠ったようにゆかしゃった……極楽へゆかしゃったにちがいないわの」

死んだ婆の死にぎわの模様を家人が説明してくれるのを、祖母はふんふんと感心しながらききとって、

「そちの穴掘り番は誰じゃろのう」

ときく。

死人があると、さんまい谷へ埋めねばならないから、村人の中で穴掘り当番がきめてあるのだ。その当番の者は、区長の家へゆくとわかる。しかし、六十三軒の戸数のある村人の中でも故人の好いた人だとか嫌った人だとかがいるもので、死人は死にぎわに、誰それに穴を掘ってほしいと遺言して死ぬ場合が多いのであった。

さんまい谷は、谷田の奥の傾斜地の、暗い常緑樹のかげになった湿地にあって、せまいその土地は、代々の死人でいっぱいになっているので、時には新しい仏を埋めるために掘りおこすと、古い仏の骸骨が出てくるというようなことが、しばしばあった。穴掘りの人間によっては、横着に掘る者と、念を入れて掘ってくれる者とふたとおりある。そのために、人をえらぶのだ。念入りに、新仏の生きていたころのことを考えて、誰それの寝ているそばでは気の毒だとか、あるいは仲のよかった爺婆のそばへ埋めてやろうとかも考えて、穴を掘ってくれるのである。私の祖母も、長年、村あるきをしていたから、穴掘りの人選をするのに要領を得ていた。

死人の家を出ると、私と祖母はまず、穴掘りの家を訪ねてゆく。

「すまんけどな……また、ホトケさんが出やしたんで、穴掘ってくだんせんか」

そういうと、そこのお父《ど》は、にんまり微笑した。

「よっしゃ」

という。

これは、死人のたのみであると共に区長の命令でもあるから致し方がないわけでもある。穴掘りにえらばれると、村人は快諾しなければならない。

穴掘り人は、唐鍬《とうぐわ》と、鍬と、スコップをもってさんまい谷へゆく。そうして、傾斜地の穴掘り場をまず一見してみる。新しい仏は、まだ土もりがしてあって、竹でつくった飾り傘が、雨露をうけてつきささったままになっていたり、白木の箱膳がひっくりかえっていたりして、のこっている。古い墓ほど、平坦地になっている。というのは、せんぐりせんぐり[*1]新仏の土もりがふえるので、おまいりにくる村人が足で踏み固めてしまうからである。八月の盆がくると、村人たちは蓮の葉にのせた団子をもって、このさんまい谷に行列するが、いったい、どの土もりが自分たちの爺婆の埋まっているところであるか判断しにくいほどなのに、それぞれの記憶をたよった土もりの前で、なんまんだぶ、なんまんだぶと合掌して帰ることにしている。

新しい穴掘りは、そうした人びとの通る道も考えに入れなくてはならない。寸土も他人にくれてやるものはないし、畑も田圃も畦や石垣で区切って境界を明らかにして自分の所有を示す村人たちに、境界のないのは、死んでから埋められるこのさんまい谷くらいであろう。だから、穴掘り人の意志一つで、生涯を終えて入る穴がきまってしまうのだから、穴掘り人が誰になるかは、重要なことといえたかもしれない。

穴掘りは、朝早くから行われて、夕方におわる。その穴は、棺がおさまる細長いもので、等身大の棺を入れて、土をかぶせて、まだ、上部に二尺ばかりの距離があるほど深く掘られる。掘り終ると、穴掘り人は、この穴に新竹をさしわたし、新調の鍬を一本さしこんでおく。竹の葉が風にそよいで、仏のくるのを待っている。

葬式は、阿弥陀堂の前で行われる。その家の格式によって坊さんの人数はちがうが、菩提寺の和尚が緋の袈裟を着て、キョクロクに坐り、引導をわたすことだけはかわりがない。引導をわたされた仏は、棺の中で寝たまま、阿弥陀堂の前で、三べん廻される。最後の別れに廻るのである。

棺をかついだ大人たちが廻るのをみていて、私たちは「まいまいこんこ」とよんだ。阿弥陀如来の像の前で、阿弥陀の手にすがる行事であろうが、この棺をになう者は、爺婆の内孫が四人そろっておれば、極楽へゆける鑑札がもらえたようなものだといわれた。内孫が四人いない場合は、外孫が応援に出てかつぐしきたりになっている。

かつぎ人のうしろから、旗持ち、位牌持ち、傘持ち、という順に白衣を着てつらなり、そのうしろを坊さんが行列をつくって、チン、ポン、ジャラン、と小磬《しょうけい》*2、太鼓、梵磬《ぼんけい》を鳴らしてゆく。さんまい谷までのぼるのだ。海風に吹かれてさんまい谷へ行く行列は、季節季節の花の咲く山道をとおるのであるが、一ヵ所だけ、曲り角があった。遠い蒼い海が線をひいてみえた。

村人たちは、この角まで送って立ち止っていたが、親類の者だけが山へのぼった。傾斜地に緋の衣の列がならび、チン、ポン、ジャランの葬送曲が田圃の上までひびいてくる。

私と祖母は、穴掘り人が新仏を埋めて、土もりをするのを見届けてから帰るのである。穴掘り人に、区長から日当が出たからだ。その日当を届けるのも、みな村あるきの祖母の役目であった。

祖母はいったい、八十五歳まで何人の爺婆たちを送ったことだろう。何人の穴掘り人をたのんだことだろう。それは数えることもできないほど多いことだったと思われる。私は、幼少の時にこの祖母と別れて、長いあいだ故郷へ帰らなかったが、祖母はすっかり膝関節を神経痛で痛めていながらも、八十を越えて村あるきをしているということをきいてびっくりしたものであった。

　私が十歳で去った故郷へ住みつくつもりで帰ったのは、太平洋戦争もきびしくなったころで、戦火をのがれて疎開したのだが、その時もまだ、祖母は村あるきをしていた。

「お婆んはまんだ、村あるきしとるんか」

　と私は祖母のトタンぶきの家をたずねて、声をかけた。

「おいや[*3]」

　と祖母はこたえた。

「うらは、歩くのがたのしい。歩いておらんと、夜さり寝られん。うらは長いこと歩いてきたでのう」

　祖母は私の前で、膝をめくってみせた。祖母は竹の皮にぬりたくった松ヤニの膏薬を、ふくらはぎから膝頭まではりつけていた。その上をよごれたボロ布のようなものでまきつけていた。そうして、その上をなでた。

「ここがいたいんや、つとむよ」

　私はその痛いという部分をみた。紫いろにはれあがっていて、ぶよぶよになり、艶がなかった。そこだけがくさっているようにみえた。

八十何年も生きようとするこの祖母に、村あるきを課している京都の下駄屋の息子を憎んだのはその日からである。私は、村にいて相変らず貧しいためにこの祖母の手助けをするヒマのない私の母にさえ、恨みをおぼえた。祖母は、村あるきに生涯をついやして死んだ。


戦争がきびしくなって、疎開という言葉がはやりはじめた頃、祖母の家へも、京都の下駄屋を閉じた長男夫婦が、子供たちを四人つれてもどった。

子供たちは、祖母の知らぬまに大きくなっていて、長女が二十三歳、次女が二十一歳、三女が十九歳、それに末っ子の男の子が十七歳。子供たちはそれぞれ父親に似て大柄な上に、四人も一度に帰ってきたから、それでなくてもせまい祖母の家はいっぱいになった。というのは、祖母の家には八畳くらいの部屋と板敷きの四畳半ぐらいの部屋しかなかったからだ。京都の子供たちは、父親の生家へ帰ったのであるから遠慮はない。翌日から村を歩いても、神経痛の足をひきずってまで村あるきをしている祖母に対して、それを手伝ってやろうという気くばりはなかった。

どちらかというと、祖母は、内孫であるこれらの娘たちとしっくりとけあわなかった。祖

母は、京都の者たちが帰ってきて三日目に、私の父のところへきて、

「家の中がせぼうなったで、畑の中に小舎を建てて下さんせ」

といった。

私の父は大工職であるから、たのまれれば、建ててやらねばならない。しかし、せまい家へ帰ってきた六人家族の京都の者たちが、祖母を追い出すようにもとられたので、村人の手前もあって、

「お婆ん、お婆んが、あるきをして守ってきた家や。お婆んがあの家を出る必要はない。京の者らを追い出して畑の小舎に住まわせたらええ」

と父はいった。

土蔵とならんで、北の方に一だん高くなったソバ畑があって、これが、祖母の所有地で、祖母は永年そこで、大根やら、ソバやら、自分だけの食糧用に収穫をあげてきたのだが、そこに六畳に一坪半の三和土《たたき》をつけたした、小さなトタンぶきの小舎を父は建ててやった。すると祖母は、その小舎へ自分が住まいたいといいだした。

「本家は京の者たちにくれてやって、わしがここへ住みたい。わしはひとりの方がええ。長いあいだ、ひとりでくらしてきたんやさかい……とてもあのような大きな娘たちがゴロゴロ

しとる家の中で一緒に住めん」

村へもどってきても、働きに出ようともせず、あそび暮している四人の子らを、見るに見かねた理由もあったようだ。京都の下駄屋の娘たちは、のちになって、近くの軍需工場へ働きに出るようになったけれど、一年ばかりは、何もせずに家にいたそうだ。八畳の間一つしかない家に六人の大人たちがつまっているのだから、むせかえるような窮屈さだった。祖母が、孤独に守ってきた小さな城は、一日にして踏みにじられたような感じがしたともいえるのである。

私の父が建てた小舎は、祖母の晩年の住宅となって、祖母は食事も一切、京都の一家と別火[*4]にしてくらした。祖母は村あるきの時、人と会うごとに、

「若い娘らが働きもせず、ごろごろしているのは、はずかしい」

といいあるいていたということである。

関西を襲った大暴風雨が、若狭湾に抜けたのは、昭和二十三年の六月のことである。

私は当時、東京にいて、貧窮のどん底にあって、とても、若狭へ帰るような余裕がなかったので、祖母の生活の模様を知る由もなかったのであるが、それでも、田舎から弟が時々よこす手紙の末尾に、文左の婆は、ここのところ神経痛がひどくなって、村あるきもつらくな

った模様であること、さらに、疎開してきていた京の者たちは、そのまま終戦後も村に住みつくつもりで、娘たちもそれぞれ町の工場や銀行につとめ、毎日、岡田から通っていること、しかし、祖母は相変らずこの娘たちと意見があわず、近ごろは顔を合わせても物もいわない険悪な状態がつづいている、年をとってから、文左の婆は、大変な荷物を背負ったことになる、などと弟がかいているのをみて、だいたいの想像がついたのであるけれども、台風が若狭を襲った新聞をよんでから五日ほどして、弟は祖母の死去をつたえてきた。

次のように書かれていた。

「夕刻からどしゃ降りとなり、村なかの川辺にあふれた水は、どんどん雪隠の穴にまで入るほどそこらじゅうにたまりだしたので、ひとまず、婆だけは畑の小舎からつれだして、土蔵の中へ入れた方がいいのではないかということになり、父と文左へゆくと、土蔵の下まで水がつかっている。婆はどうしたと本家の者たちにきくと、小舎に戸をしめておらんすというので、大急ぎで、娘たちも手つだわせて畑へあがっていったが、その時は胸までつかるほどの大水じゃった。

みんなで力をあわせて、大戸をこじあけ『お婆、土蔵へ入ろ。ここにおると、小舎が流されてしまう。危ない。さあ、早よ土蔵の二階へゆこ』というと、お婆は、ようやく腰をあげて、肩につかまり、『きょうとい[*5]大水や。うらが生れてからはじめてみる大水や。八十年もみたことのない大水じゃ』と背中でいった。ようやくのことで、土蔵に入れて古畳を敷き、その上にふとんを敷いて寝させて、娘たちと土蔵を出た。

家に帰って自分のうちの階下のものを二階へあげたりしていると、九時ごろに、とつぜん、大きな山くずれの音がしたので、大戸のすきまから、外をみると、にわかに濁り水がふえてきて、みるみるうちに、源右衛門の小舎が今にも流れるように浮いてみえる。こら大変じゃと思うて、文左のお婆のことが気になり、早く上《かみ》へあがってみようかと思うたが、大水の中をおよぐわけにもゆかず、その夜は案じながら、一睡もせず、家にいたわけです。

翌朝、雨がやんだので、まだ水のたまっている村道をあるいて、お婆の家へゆくと、蔵の戸があいていて、お婆は虫の息でした。古畳が水につかって浮いたらしく、お婆は天井にまで浮き上って、畳と天井の間にはさまれていたんです」

私はこの文面をこれ以上ここに記すことは出来ない。哀れな祖母の最期の模様を想像すると、腸が千切れるようなかなしみに襲われる。土蔵の中が安全だと思って、土蔵へはこび、畳を敷いて、その上にふとんをかさね、祖母を寝かした弟の処置はそれでよかったにしても、その後、山くずれと共に大水が出た時、土蔵に一度も見舞いにいってやらなかった本家の息子や孫たちの冷淡さもさることながら、土蔵に流れこんだ水が、八十五歳の祖母の軀ごともちあげて、天井につきあげてしまった事情についてである。

神経痛で足腰を悪くしていた祖母は、水が入ってきた時に、逃げることが出来なかったのであろう。畳にのせられたまま、土蔵の中で天井にせり上ってゆく断末魔に、いったい、誰の名を呼んで助けを求めたであろうか。

本家の者たちが、水がひいてからかけつけた時は、祖母は、破れ畳のふかふかになった藁を力づよく摑んだまま息もしなかったという。そうして日をへだてずして死亡した。

私は、八十五歳まで村あるきをしてきた祖母のこの最期を思うと、祖母は不幸な生涯であったと思わないではおれない。京都から疎開してきた若い者が、もう少し思いやりをかけてやれば、このような不幸から逃れられたのではあるまいか。土蔵にたえず気をつけていて、水が入ったことがわかれば、自分たちのいる母家へつれてきて、見守ってやるべきではなかったか。年寄りのひがみから、歪んだ面も露骨に出して顔を合わせるのもイヤがっていた祖母のことだから、娘たちは、そっとしてやったのだと、あとで語ったそうである。

因みにこの台風では、本郷村には大勢の死人が出た。岡田部落の上《かみ》の部落である父子《ちいし》という部落では、親子が海に流された。佐分利川が十数ヵ所も決潰したのである。祖母が弟の背中に負われて土蔵へ避難する時に、八十年も見たことのない大水じゃといったことばが、あたっていたといえよう。田畑は泥土に埋まり、倒壊家屋も相当にあり、若狭地方はA級被害地に認定されて、災害救助法の適用をうけたのを私は新聞で知ったが、天災によるものとはいい条、祖母の場合だけは人災もいくらか作用しているように思わないではおれない。

私は、その年の秋に、祖母の墓まいりに帰村した時、祖母の墓の穴を掘った村人は、誰であろうかと、ふと思った。

「太右衛門の爺ィさんと、太郎吉の兄さんが穴番じゃった」

と、母は教えた。

私は、葬式のあるたびに穴掘りをつげにいった、祖母との村あるきの少年時代のことを思いえがいて、涙を流した。

「大勢、村の人が死んだというが、どこの人が死んだかいうてくれ」

母にたずねると、母はこうこたえた。

「若いモンは元気があるさかい、山の上へ逃げたり、戸板にのって助かったりしたけんども、年寄りは力がないさかいな。死んだ人は、みんな年寄りやった……お婆んも、かわいそうに、もう少し早う死んどれば、こんなきょうといめェをみないで極楽へゆけたもんを……」

なるほど、八十五歳まで村あるきをして、祖母は死んだ。その死にぎわは地獄の苦しみを味わったのである。晩年の三年間、祖母の畑の小舎での生活を思うと、私はどうしても、祖母の住んだ小舎を訪ねてみたくなった。

文左の家をおとずれると、戸はしまっていた。裏へまわると、祖母の小舎には、紅いワンピースが干してあった。本家の次女が移り住んでいた。

私の祖母は、風水害に遭わなければ、まだ天寿を全うするまで生きのびたかもしれない。なぜならば、部落の爺婆の誰もが晩年の棲み家とする、母家の裏の北側納戸に寝ずにすんだからだ。祖母は、京都から帰ってきた孫どもに家をゆずって畑の中の陽当りのよいバラックで余生をおくるつもりでいたのである。風水害さえなければ、土蔵の中へ押しこめられなくてすんだはずである。雨水の流れ込む土蔵の中へ助けに走らなかった私の弟や、孫たちのことを考えると、東京にいた私は、歯ぎしりしたい気持になり、いいしれぬ怒りをおぼえるのだが、これも、もはや済んでしまったことだから、致し方はない。

私は、今日になって、若狭の田舎へ帰るたびに、祖母の棲んだ畑の中の一軒家が、孫娘の家となり、そこに、女たちのきらびやかな干し物がみえたりすると、ああ、ここに祖母が棲んでいたのだな、と思う。哀れな死にぎわが想像されて、物がなしい気持になる。

この祖母のことを書いたために、私は連載誌の読者から二通の手紙をうけとった。一通のは、私の祖母と同じような死に方をした自分の祖父のことを訴えて、同情の念にたえないといった文面であるが、もう一通は少しかわっていた。

「水上さん、あなたが連載している『じじばばの記』は、昔の姥捨とちがって、あなたの生れた村が貧しいがために、そのような若尊老卑の傾向にあるのではないか。自分の住んでいる石川県のS部落なども、あなたの村と似通った点がある。しかし、最近は、そのように年寄りをいじめたり、ないがしろにしたりする傾向はなくなってきて、たとえば、老人の寝所などは、陽当りのよい離れをつくるとか、母家の座敷にうつすとかして、厚遇している家が多い。あなたの村は特殊ケースではないか」

私は、この書面の主に返事をかかなかったが、なるほど貧なるがために爺婆の生活が省みられなくなっていたのかもしれない。田畑が限られていて、いくら働いても、収入に限りがあれば、昔も今も一戸の家に生きられる人物はかわらない。若者は自然と老人を押しやって生きてゆかなければ家がもたないのだ。それでは富裕な家ではどうか。私の生れた岡田部落にも、六十三戸の中の十戸ぐらいは、素封家とよばれる家がある。山林も田地も相当にもっていて、農地解放になるまでは、すべての田を小作人につくらせて、自分たちは左ウチワでぜいたく三昧に暮してきた家を私は知っている。

しかし、その富裕な家でも、老人は虐待されているのであった。貧しい家の爺婆と同じように、冷たい納戸の隅に寝かされて、晩年をすごすのであった。富裕な家なら、祖父母のために陽当りのよい部屋をつくって、労働からも解放させ、ゆっくり余生をおくらせればいいようなものだけれど、富裕な家にかぎって、殊更、老人の寝ている部屋は北向きの冷たい奥にある。

前述したように、岡田部落の家々の構造は、どの家も同じなのである。入口が南に向いて一つあるきりで、三角形の重たい茅ぶきの屋根の下に、まるで穴ぐらのような恰好で建っているのである。奥へ入るにつれて北に向い、家はしめっぽくなり、納戸にはまったく陽があたらぬ。窓がない。山に向った倉庫のような所である。

このような暗い部屋に、爺婆は万年床を敷いてもらって、ひっそり生きている。もとより、眼もわるくなるから、新聞はよまない。だから節約する家は納戸に電燈をつけない。新聞をよんだり若い者たちと談笑したければ、爺婆は、居間まで這い出てきて仲間入りしなければならない。しかしそれも、孫が殖《ふ》えておれば、せまい居間は騒々しい。億劫になる。爺婆は、一家から、隅の方へ自然と押しやられて、死んだように、ひっそり暮すのである。

観音堂にあつまって、火を焚きながら念仏を誦じ、冬の一夜を明かす釈迦《しやか》釈迦《しやか》の日は、いつごろからはじまったものかしらないが、釈迦牟尼世尊の涅槃《ねはん》の日に、爺婆たちは冷たい納戸をぬけ出てきて火を焚いてあたる。

この行事がどれほど嬉しい行事であるか、想像できる。観音堂で話し興じる爺婆の会話の中心は、どこそこの爺がとうとう足腰がたたなくなって、堂までくる元気がなくなったとか、どこそこのお婆がすっかり力がなくなり、納戸で寝小便をたれて寝こんでいるとか、……そうした顔を見せない爺婆たちの消息を語りあったあとで、爺婆たちは、自分がいつごろ死ぬだろうかと考え、誰もおしだまるのである。九十歳の者が死ねば、つぎは八十九歳の者が死ぬ。やがて自分の順番がやってくる。心細くなる。誰もが不機嫌におしだまりながら火を焚くわけだ。

なむあみだぶ、なむあみだぶ。
なむかんぜおんぼさつ、なむかんぜおんぼさつ。

線香のくすぶる観音堂の中は、爺婆の匂いでむせるようだった。爺婆が夜どおし唱和する念仏の声は、冬の夜空に訴えるようにひびいた。

私は東京にいて、冬がくると、時々、夜中に眼が冴えて眠れないことがあるが、そんな時、遠くからきこえてくる村の爺婆たちの念仏の声に悩まされることがある。その念仏にまじって、かならず、うかび上ってくるのは、私を念仏につれていってくれた私の父方——つまり六左衛門の祖母のことだ。この祖母はいしという名だったが、盲目であった。盲目で、七十二歳で死んだのだが、この祖母の晩年にも貧しさからくる不幸があった。

私が四歳の時に、祖母は死んだ。この祖母も母方と同じように村あるきをしていた。盲目であったから、村を歩くのには時間がかかった。

私は、この祖母の背中によくおぶわれたが、村を歩く時は、背中の私が道を教えた。村道は雨が降るごとに石ころが出るので、凹凸が激しくなり、気をつけて歩かないと、足をとられてころびそうになる。祖母は杖をつき、按摩《あんま》のように闇の中を杖さぐりで歩いた。私が祖母の背中に負われているのが名物だったらしい。祖母が通ると、意地のわるい子供が集まってきて、

「お婆《ばば》、そっちの道は石ころじゃ。こっちの道は川どがあるぞ。ほらほら踏むぞ、牛の糞」

と歌うように軽蔑の声をなげた。

私の祖母に関する記憶の中で、かなしい思い出は、村の子らの悪戯《いたずら》がすぎて、私と祖母が、村なかの川へ落ちて溺れ死にそうになった時のことである。

それは陽気のいい一日のことであった。一日に数時間しか陽のささない岡田部落にも陽がさし、村の屋根屋根からは湯気がのぼっていた。洗い川には麻がつけてあって、川戸《かわど》の石垣の上に竈がつくられ、釜からは白い煙が出ていた。麻をむしているのだ。

麻は、さんまい谷の近くか、山裾の丘の隅に植えてあって、毎年六月はじめ頃か、中頃に刈りとられた。秋にまかれたタネが冬を越して、細い葉をしげらせて縞模様のある茎が背丈ぐらいにのびるころは、早稲田の一番草がとり終えられるころだったかもしれない。村じゅうは、稲のお守りを休んで麻の収穫に精を出す。刈りとった麻は束にされて、家にもちかえられ、麻むしのために築かれた竈のよこに積まれた。

麻むし日は、暦をみて日がきめられ、縁起のよい日に火をたきつける習慣だったが、竈の上に大釜を置き、湯がにえたぎると、大人の背たけほどありそうな麻をタテにならべて、大きく結わき、その上にすっぽりと桶をかぶせる。したがって、この桶は大人の二人か三人が入れるほど背丈があって、周囲も三抱えも四抱えもあるものだった。だから、この桶の中で麻がすっかりむされた時、湯気でしめった桶は重くなっているので、上の方へもちあげて除かねばならない作業は熟練を要した。

人びとは三メートルほどはなれた場所に棒杭を打ち、それに稲架《はざ》の棒をくくりつけて反対側に大石をのせ、その重しの重量で、天秤にして桶をゆり上げる。すると、釜の湯でむされた麻は、青い生きいきした色であったのが、よもぎ色になった。

これを、洗い川にはこび、水をためた部分に漬けておくのである。麻は川水に約五日間ばかり漬けられたあとで、ひきあげられ、筵の上にもちこまれて皮をむかれた。ほとびた麻の茎は、まるで蕗の皮をむくようにつるつるとすべりながら、よくむけた。

茎はのちになって、オガラとよばれて、屋根ふきの台になったり、虫おくりのたいまつの芯になったりして活用されたが、皮の部分は、乾燥され、糸につむがれてゆく。この糸で、爺婆たちの器用な者は蚊帳を織ったり、作業用の股ひきや、シャツの地を織るのである。

大昔は、おそらく、この麻の着物や麻のもんぺが流行したものであろうか。いまは、この麻の大半は、苧縄として活用される。すなわち、細糸につむいで蚊帳になる部分と、糸につむがずに縄にして、いわゆる麻縄にした。これは稲架の結わえや、山仕事の道具類や、しょいごや、いろんな物の結縄に用いられて、農家にはなくてならぬものとなっている。

この麻むしの季節は、村じゅうは、どことなく陽気になった。それに、いつもは各々の田圃に出ていて顔をあわせない村人たちの誰もが、川戸の竈の前に茣蓙《ござ》を敷いて、一日じゅう火を焚くのだから、弁舌家の家の竈口には人だかりがして、会話に花が咲く。

私が、祖母に背負われて、村あるきに歩いたのも、そうした川戸の釜から湯気が立ちのぼっている午後であったろう。

村下から、まがりくねった洗い川の岸を歩いて――厳密にいうと、私は背中にいてめくらの祖母のカジをとっているのであるから、二人三脚で歩いていたわけである――私たちは、甚左の曲り角まできた。甚左の曲り角というのは、洗い川が甚左衛門という人の屋敷の裏側につき当り、高い石垣に遮断されて、くの字に曲っているところである。したがって、村道は石垣と洗い川とのあいだの細い道なのだが、私と祖母が石垣の端《はな》へ顔を出すと、声がした。

「お婆、きたないがな、まん中に牛の糞があるぞ」

私が声の方をふりむくと、甚左の石垣の上に、まるで烏がとまったように、五、六人の子供たちが息を殺しておしだまってならんでいた。

この時であった。私は、祖母と一緒に、もんどり打って、川の中へ落ちこんでいた。

「つとよ。つとよ」

と祖母は私の名前をよびながら、ついていた杖を空に投げ出し、白腰巻からやせた足をつんのめらせて、水の中にいた。

私は頭から落ちたので、脳天にぐじゃりとやわらかいものがあたったのを知った。私は、麻の束にひっかかっていた。

「お婆ァ、どないした、お婆ァ、どないした」

私は叫んだ。すると、麻の束の重なった中へ、祖母の軀がずぶずぶとめりこみ、やがて、下半身を川水につけた祖母は万歳をするような恰好で、

「つとよ、つとよ、どこにおる」

とよんだ。

眼が見えないから、わからないのである。私は、祖母よりも軀がかるかったために、漬け麻の上にひっかかったのだ。

私は、なぜ、道のまん中を歩いていた祖母が、急に川岸へよって足を踏みすべらせたのか、その理由がわかった時、激しい憎悪をおぼえた。

石垣の上にならんでいた子供らは、すでにそこにいなかった。祖母に牛の糞があると教えた子の姿もなかった。私は祖母を抱きおこして、石垣につかまろうとした。麻の束が邪魔をしていて、どうしても手がとどかない。

「つとよ、つとよ、けがせなんだか」

祖母は、髪の毛も着物も、からだじゅうずぶぬれにして私をよんだ。

私は水にほとびた麻の束をかきわけて、祖母が腰までつかる川の中を、ふらつきながら甚左の川戸まで歩くのをみた。

石垣に手をすらせて、手さぐりで川を歩く祖母は、誰にぶつけようもない怒りに軀をふるわせながらも、

「つとよ、つとよ、どうもなかったかや」

といっていた。

私はだまって、石垣の上をにらんでいた。

うかつなことに、子供らの声がした時、石垣の上を見たので私は下をみていなかった。その直後に、祖母は落ちこんだ。

私と祖母は、ずぶぬれのまま、乞食谷《こじきだん》の木小舎の家へ帰った。

祖母が寝ついたのは、それから三日目であった。私は、祖母が風邪をひいたのだと思っていた。母や弟たちに、私は、祖母と一緒に川へ落ちたことをいわなかった。それは、背中にいて、道を教えねばならなかった私の失策から、祖母がころげ落ちたからにほかならない。それに、村の子らが、また、祖母にそのような悪戯をしたことが母に知れると、母は区長さんの六左衛門の家へしらせにゆくか、その子供の家にどなりこみにゆきはしないか、という恐怖にかられたためであった。

母がもし、その子のところへどなりこめば、私は、子供らから、また、いじめぬかれたことだろう。だまっていることが、かえって、村の子らの反省をうながすことにもなると思ったわけでもないのだが、私は、家の誰にも、そのことをいわなかった。

祖母の病気はひどくなった。医者がきた。老衰の上に風邪がこじれて心臓がよわっているという診断だった。祖母はそれから約四カ月寝こんで、秋の中ごろに死んだ。

私は祖母の葬式の日、村の阿弥陀堂の前に整列して、じっと祖母の棺が廻るのをみていた子供らの顔をわすれない。

前述のように村の葬式は、誰が死んでも、阿弥陀堂の前で、「まいまいこんこ」の行事をした。菩提寺の和尚がお経をよみ、引導をわたしてから、三角の紙を額にはりつけた親族の者が棺をかついで、三べん、堂の前の広場を廻るのである。

この時に、親族の者は、野辺送りにきた村の子供らに、菓子の罐のフタをあけて菓子をくばる習慣である。菓子を貰った子供らは、祖母の棺がさんまい谷に埋められるのを送りもしないで、そのまま、村へ散らばっていった。

永いあいだ、村あるきをして、衛生掃除や、村芝居のふれごとまでしてくれた、盲目の祖母が死んだことが、よその子らにはそれほどかなしくはなかったのかもしれない。

私は祖母の葬式の日を思いだすと、阿弥陀堂の前にならんで、いまかいまかと菓子が配られるのを待っていた子供らの顔を思い出す。その子供らは、今日、六十前後の年齢になって、いわば村の初老の爺として生存していて、祖母のように、また阿弥陀堂で「まいまいこんこ」してもらって土にもどってゆく人たちである。

＊1　順繰り。＊2　読経のときに鳴らす楽器。＊3　そうよ。＊4　穢れを防ぐため、用いる火を別にすること。＊5　こわい。

III

とりとり彦吉

一

『丹後若狭草民宝鑑』という本に、「とりとり彦吉」の話が出てくる。とりとりは「鳥獲《とりと》り」という意であって、つまり鳥獲り名人彦吉ということになる。しかし、彦吉は、鳥ばかりでなく、兎も、鼬《いたち》も、むささびも、生け捕るに尋常以上の智才があった様子なので、「とりとり」は「獲り捕り」とでも書いた方が当っていたかもしれない。概して、『丹後若狭草民宝鑑』に出てくる奇人名人に冠せられるよび名は、独自である。「鯉《こい》獲《と》り文左《ぶんざ》」「凧《たこ》づくり善七」「穴掘り又助」「はきものおかね」「てんぐさおみね」などといったのが出てきて、はなはだ興趣ふかいのだが、たとえば、「穴掘り又助」といっても、よび名だけではどこに穴を掘ったかわからない。じつは、死者が出た場合、土葬の穴掘り人夫をつとめた人物のことである。「てんぐさおみね」は、海にもぐって、わかめ、てんぐさ、こんぶを取るに男まさりの才智があった寡婦《かふ》の話である。『宝鑑』の筆者は、明治、大正、昭和にわたって、丹後、若狭地方の寒孤村を足まめに歩き、古老からきいた話や、実際に見た話を、「人物誌」として書きとめている。独自な名称や形容句が出てくる一方で、わかりにくい訛りがでてくるのも、山間支谷の「ことば」である所以《ゆえん》だろう。余談はさておき、今回は彦吉の話をするわけだが、彦吉の生きた明治から大正にかけての時代に、この国には、「智識人」といわれる人と、「無智人」といわれる人とのふた通りあったらしく、それらは貧富の事情によって区分けされていたことを物語る福沢諭吉のことばを紹介しておく必要がある。「人は生れながらにして貴賤貧富の別なし唯学問を勤《つとめ》て物事をよく知る者は貴人となり富人となり無学なる者は貧人となり下人となるなり」（『学問のすゝめ』明治五年）

「今日本にて貴賤上下の差別あるやうなれども其実は政府の命にて四民の別を立て人種を分ちたることとなし（中略）貧人も富人も政府の命に由て貧富たるに非《あら》ず役人の門も金持の門も開放して誰にも其仲間に這入り更に差支あることとなし（中略）貧富は順番面白き世の中にあらずや石室に住居して馬車に乗りたくば智恵分別を出して銭を取る可《べ》し富貴の門に閂《かんぬき》はなきものぞ門もなき其門へ這入ることを得ざる者は必ず手前に無学文盲と云ふ門ありて自ら貧乏

の門を鎖《とざ》し自分の勝手にて娑婆《しやば》の地獄に安んずるなり若《も》しもこの地獄を地獄と思はゞ一日も早く無学文盲の門を破る可きものなり」（『農に告るの文』明治七年）

「自由発達の極は貧富の不平均を生じて之《これ》を制するの手段なく貧者はます／＼貧に陥り富者はいよ／＼富を積み名こそ都《すべ》て自由の民なれ其実は政治専制時代の治者と被治者との関係に異ならず」（『富豪の要用』明治二十五年）

「教育なき者が貧に居ることは固《まこと》に当然なりと雖《いへど》も其教育は為さゞるに非ず能《あた》はざるなり（中略）経済論者の言に無智即ち貧乏の原因なりと云はゞ貧者は之に答へて貧乏即ち無智の原因なりと云はんのみ」（『貧富論』明治十七年）

「最も恐る可きは貧にして智ある者なり（中略）貧智者は他に鬱憤《うつぷん》を漏らすの道なく是に於て世の中の総ての仕組を以て不公不平のものと為し頻《しき》りに之に向て攻撃を試み或は財産私有の法廃す可しと云ひ或は田地田畑を以て共有公地と為す可しと云ひ其他被傭賃の値上げ労働時間の減縮等悉皆彼等の工風に出でざるはなし彼の職人の同盟罷工なり社会党なり又虚無党なり其原因する所明に知る可し（中略）唯智慧あるが故に苦痛の苦痛たるを知りて自から満足するを得ず甚だ不平の鬱積遂に破裂して社会党と為りたるものなり貧人に教育を与ふるの利害思はざる可らざるなり」（『貧富智愚の説』明治二十二年）

批判はさておき、「万民に学問をすすめる説」ともいえた『学問のすゝめ』の筆者は、明治二十二年になって、漸次気がかわって、無産者は無智のままにしておく方が、国策上の得策であって、富者の子弟にだけ教育権を与えた方がよい、といっているようにもみうけられる。先覚者も変った。世の中に「不変」は無い証《あか》しだろう。

二

彦吉は寺小屋へ行かされた。行かされたというのは、彦吉の述懐だが、つまり、福沢のいう『学問のすゝめ』によって、貧富の差なく平等に学問をする機会がやってきたので、彦吉の在所の「大《おお》飯《い》郡岡田部落」にも、菩《ぼ》提《だい》寺《じ》の西安寺に「寺子屋」が設けられた。父親の彦左衛門は、彦吉に「学問しにゆけ」とすすめた。ところが彦吉は、十日ほど行っただけでその学問がいやになった。どうも身にそぐわない。当人は「学問するには、出来のわるい頭にござりました」と『宝鑑』の筆者に述懐している。

「なぜに学問がいやでありましたかといいますると、西安寺の和尚《おしょう》が気に喰わなかったのでござります。わしが寺へ行きますと、まぎ（軒下）に待ち伏せておって、とりとり小僧がきよった、あの罰あたりめが、と申したのでございます。いったい村のもゝがわしをとりとりとよぶようになりましたのは、鎮海和尚がはじめにそういうたのがはじまりで、わしのよび名となり、子供も大人もわしの顔をみると、とりとり小僧といい、父親までが左様に、わしのことをよぶのでございました。なるほど、鳥も生《しょう》あるものなればと説教節にも申すのでござります。生ある鳥をむざんにもほかくして暮すわしがなりわいは、殺生《せっしょう》をにくむ和尚どのの宗旨にそむくのでござりましたろう。しかしながら、わしは、和尚からいくら罰あたりめがといわれましても、とりとりはやめるわけにゆきませなんだ。父親とわしが鳥をとって町の仲買人に売ってこそ、病気のおっ母とめくらのお婆の四人がくらしてゆけるのでござりましたから、和尚のいうことは気にはなりましたが、きくわけにはゆきませなんだ。ついでに申しまするが、父親も学問はあまりありませなんだが、鳥が死ぬるのを見るときは、念仏申せと申しました。それでわしは、鳥の首しめて、羽むしるときは、なむあみだぶつと申しました。申すだけで何やら、鳥に申しわけのないことをしておる気持がやわらぐのは不思議でございました。寺子屋で鎮海和尚は、『大学』と『論語』を教えましたが、十日でやめて、日がな鳥とりしていますと、村の子らが、わしのことを和尚に申すとみえて、和尚は、わしが家へきて、寺子屋へくるよう説きましたけれど、その時、和尚は、父親が炉端《ろばた》で焼いてすすめましたる鶫《つぐみ》のてりやきをうまそうに喰い、念仏も申しませなんだ。左様で、これでよろしいのでござりましょう。どこの世に、わが胃ぶくろへとけてゆきまする生あるものへ、念仏となえる人間がござりましょう。人であれば、生あるものを殺し喰いいたさねば生を得ぬことわりは、坊さまも在家もおなじこと、このことわりは、鳥をとる日がなわしが考えておりましたることにござりまして、和尚さまから教えられた学問ではござりませなんだ。左様、つまり、寺子屋はわしにはいつも無縁でござりました」

こんなふうに彦吉は、『宝鑑』の筆者に語る。つまり彦吉は、殺生を戒める和尚が、鳥を喰い魚を喰い肉を喰いして、自ら殺生せねば生きてゆけない矛盾を、どう嚙《か》みしめているだろうか、と疑問を投げ、わしだけは殺生していないという和尚に反撥《はんぱつ》をおぼえ、寺子屋で学問することを厭《いと》うたけはいである。彦吉は、それで学問せず、とりとりにあけくらす。とりとりは、彦吉一家のくらしをささえている。その事情を説明する。

三

「わしは貧乏でござりましたゆえ、鉄砲は買えませなんだ。鉄砲は、鉄砲代もさることながら、鑑札代もたこうて、岡田の部落で鉄砲もつのは、金持の兵助の兄ィ、善左の兄ィ、二人でござりまして、またこの兄ィらは、猪《しし》、兎、山鳥など大物をねらいまする。わしらは、鉄砲もちませぬゆえ、くぐつ、はごにて、もっぱら鶫、鳩、きじ、豆まわし、ひよどり、虎鶫、小鳥のたぐいをとりましてござります。くぐつは山にしかけ、はごは田にしかけましてござります」

くぐつ[*1]には二種類あって、山の雑木林で生木《せいぼく》をつかうのと、藁《わら》で編んだ尺余の小舎《こや》にしかけたものとがある。彦吉はこの両方をつかったらしいが、どんなものか説明するのに、図解でもしないと、わかりにくいいい方をしているので、いま、それをなるべくわかりやすいように説明してみる。

雑木林へゆくと、よくしない、すぐ折れてしまう木の二種がある。彦吉は、しなう木を物色する。南天、ねじりなど、朱《あか》い実のなる木がよくしなった。人の背丈ぐらいのねじりは、だいたい大人の拇指《おやゆび》ぐらいの太さである。この木の先端に麻縄をしばりつけ、縄の先端を、別の木にさしわたした二本の枝へくぐらせて、ねじりをしなわせておく。枝のわきに、稲穂だの、朱い実をのせておくと、鳥がやってきてとまる。鳥はその重量で、麻縄の端に結んだもう一本の枝のとめ棒をはずす。瞬時のうちに、結んである枝が落ちてきて、鳥の胴体と首をはさんでしまうしかけである。こう書いても、さっぱりわからぬかもしれぬ。しかし、こうとしか書きようのないしかけである。彦吉は、一日じゅう雪の山を歩いて、雑木の林へもぐり、実のなる木の多いところへ、このくぐつをだいたい二十点ほどしかけて帰る。

もう一つのくぐつは、よくしなう木または生竹を生木のかわりに使って、いってみれば、山のくぐつを鼠とり式につくり、藁をかぶせて、雪のふかい山根《やまね》、田のあぜ、ごろく（稲かけの木の小舎）のまぎなどにしかけておくものである。これはもち歩けるので、好きな箇所にはこべた。

ざっと、このようなくぐつを、彦吉は二、三十しかけておいて、翌朝早く、見廻りにゆくのである。たいがいのくぐつに、鳩、鶫、ひよどりなどがかかっていて、それらの鳥は、みな、枝の上にとまった瞬間はじきしめられたために、どれも、うつ伏せに羽をひろげて、首をたれ、しめ木ととまり木のあいだで、扁平になってこと切れていた。寒い冬しごとなので、死んでから時間のたったものは、固く凍っていたし、つい今し方かかったのは、つかんでみると、腹がまだ温かかった。彦吉は、これらを所持してきた袋へ入れる。袋は、木綿の布をつぎあわせてつくってある。米なら四、五升は入る筒状の、口は紐《ひも》で絞る式に閉じられる。これに獲物を、ざっと二、三十四入れて帰るころに、日が暮れた。もっとも、くぐつは、また、新規な餌《え》をたらして、しなう木を張り、しかけなおしておく。田のあぜや、ごろくのまぎにしかけた藁製の携帯用にも、土鳩や、鶫や、きじがかかっている。これも、同じような恰好で死んでいる。つまり、飢えた鳥どもは、雪の中の朱い餌にまどわされて、夢中でとまり枝にとまって、首をのばして、嘴《くちばし》をつかうかつかわないうちに、ぱしりとしめ木が天上から落ちて死ぬのである。

「畜生のおろかさでござりまして、鳥どもは、いくら友だちが、そのような目におうて死んでおりますするのを見ましても、考えはなきものとみえまして、また翌日は、おのれがそのしかけにかかってこと切れるのでござりました」

と彦吉は、その様子を語っている。つづいて、はごというのは、夏のうちから、もちの木の皮をむいて、これを袋に入れて川水につけておき、皮がはなはだしくふやけてきて、ぬるぬるした汁を出すころにひきあげ、これを石の上で、藁打ち用の槌《つち》でたたき、餅《もち》状にし、出来上ったものを壺か瓶《びん》に入れて保存しておいたものをつかう。すなわち、とりもちといわれている。彦吉は、このとりもちを、藁しべにつける。藁はよく観察すると、もう一本の固い芯をもっていて、よく、年寄りが、煙管《きせる》をそうじする時などに、紙《こ》よりがわりに使うものだ。この固しべに、とりもちをまぶしたものをはごとよぶ。はごは鳥のむらがるはぜの木、南天の木などにしかける。山に実がなくなると、鳥は里へおりて実にむらがる。木に、とりもちつけた藁しべがわたされてあることは知らない。一本のしべに羽をとりつかれると、数分後に、鳥は団子状に丸くなって地めんに落ちる。つまり、鳥は、羽ばたけば羽ばたくほど、とりもちのついた一本のしべで、軀《からだ》をくくりつけることになる。彦吉はその鳥を拾うわけであるが、鳥たちは、よちよち歩きで逃げる。しかし、いくら逃げても飛びたてないから、すぐつかまえられる。この場合は、鳥は生きているので、袋に入れると、鶫も、ひよどりも、鳩も、それぞれの声をあげて啼《な》く。しかも、その袋は、鳥のぬくみで懐炉ほど温かかった。

「生木《せいぼく》にしかけるのは一どきりでござりまして、賢い鳥は、二どとはごをとりつけたる木にはまいりませなんだ。鳥によって、ぼこい（阿呆な）ヤツと賢いのがおるものでござります。うそ、かしどりなど、何どもかかるのでありまするけんど、ぼこい鳥は味けのうて売れゆきもわるうござりまするゆえ、賢い鳥をとるのは、しだいにむつかしゅうなりました。田の穴々にしかけ、つり針にみみずをつけてとりましたけんど、やっぱりはごにてとるのがわしの好みでござりました」

小鳥にも、賢明なのとぼこいのがいた様子である。彦吉は、賢い鳥は、鶫、ひよどり、百舌《もず》、鳩などだとし、ぼこい鳥は、うそ、豆まわし、かしどりなどで、それは喰っても味がまずかったという。まずいのは、仲買人も首をふるので、売れゆきがわるければ、彦吉自身が喰わねばならぬハメになるから、これは敬遠した様子である。生木にしかけるはごは、一、二どはよいが、何どもしかけておくと、そこへ賢明な鳥はよらなくなるので、田の中に穴を掘って、つり針にみみずをつけておいたらしいが、その穴でも、はごをつかい、はごでとる方が好みにあったといっている。田の中に穴を掘るのは、山も田圃《たんぼ》も雪を被《かぶ》った白銀一色の二月さなかである。鳥たちは、山にいても、里へ降りても、餌がないから、そこらじゅうの綿をかぶった木にとまってちぢかんでいる。彦吉は、その鳥たちの眼の集中するなかで、田へ出ていって、手すき＊2で大きな穴を掘り、土を露出させる。そうして、そこへ杭《くい》を打ち、糸に結んだつり針を二十本ばかりくくりつけ、つり針には、みみずをつけておいた。鳥たちは、彦吉がどこかへ消えてしまうと、いっせいに土のみえる穴へきて餌をさがす。みみずは大好物である。またたくまに針の数だけの鳥が、咽喉《のど》と胃袋に糸をのんで、杭にしばられることになる。彦吉は走っていって、杭をぬけば、針の数だけの鳥をひきずって帰れる。この場合は袋はいらない。ひきずられてゆく鳥たちは、この時も、それぞれの個性を発揮して、羽ばたいたり、啼いたりした。念仏を申すとすればこの時でもあろうか。

彦吉は、しかし、この田の穴でとりとりする時、つり針をつかうのは好まなくて、やはり、はごでとる方が好みにあうといっている。はごの場合は、穴はさほどに大きくあけなくてすみ、小穴をいくつもあけておき、その穴のぐるりに、あたかも毛糸をはりめぐらせるように、はごをさしわたしておけば、鳥どもは、穴へ入ろうとして、一本ずつ、羽にはごをくっつけてしまうことになる。羽をばたつかせれば、はごは羽にへばりついて、まるく固まってしまうことになるから、やがて、団子状になって雪の上へ出てきて、よちよち歩きはじめる。これを拾うわけである。つり針の場合も、はごの場合も、手すきで穴をあけておいてから、どこかへかくれる必要があるから、そのかくれ場所に、田なかにあるごろくや、はさの木の根にたてかけられてある茅《かや》の束を利用していた。はさの根に茅をたてかけておいたのは村人たちであって、秋末に山へ入って、芽ばやして枯れかけたのを刈りとり、何年かのちの屋根のふきかえにつかうために、保存しておくものだが、つし[*3]ではいっぱいになるので、外に出しておいたものである。また、つり針につけるみみずについては、彦吉はつぎのようにいう。

「冬さなか、みみずはおるまいと申される向きもございましょうが、冬さなかもみみずはいるものでございまして、雪のかからぬ大石の下、大木の根、洞穴《ほらあな》などには、かならずといってもよいほどに、みみずは眠っておりました。大石はそこらじゅうの田のあぜにございまするから、テコ棒でこじあけ、一、二寸ほど手で土をかきますれば、大みみず、小みみずが、列をなして眠っており、これをとって、つり針につけたのでござります。また、冬場のみみずさがしはめんどうでもござりましたれば、とりもちつくる夏に、一日みみずとりいたし、田へながれる水戸のむしろをめくりますると、そこには何十匹としれず、みみずはむれをなしておりました。これをバケツに入れ、陽干《ひぼ》しにいたしますると、みみずは、小魚《じゃこ》のよになり、大みみずはかんぴょうぐらいにながくかわいてしまいまする。これを紙袋に入れ、陽のあたるまぎに干しておきました。これを、冬にとり出し、湯につければ、みみずは死んではおりますれど、湯をふくんで太くなり、富山の漢方薬屋にて、熱とりぐすりとなるものと同様にござりますれば、大人は風邪ひけば煎《せん》じて呑みましたものを、とりとりにつかわせていただいたものにござります。総じて、とりとりは、かように手間かけるものでござりまして、鉄砲にては、その手間もはぶけ、獲物はかんたんにとれるようではござりますれど、あっけないものでござります。手間かけて冬を待ち、鳥を待ちするこころがあればこそ、とりとりは楽しいものでござりました。また、仲買人は、とりわけて、鶫、ひよどりの賢いのをよりこのんで買うてくれましたが、もとより、これは小浜《おばま》、高浜の料理屋、旅館へ売られ、金持が散財する宴会の、てりやきになりましてござります。さて、座敷の膳にのぼりましたるわしが鶫は、いかほどの値段で、金持に賞味され、その胃袋へ入りましたことやら。とるわしも念仏申さねば、喰う金持も念仏申さず、畜生もまたそれで、人の生《しょう》に役立ったものにござりましょう」

彦吉は、このつづきに、人は念仏も申さず鳥を喰い、けものを喰いするが、喰われる鳥、けものも、また、虫、みみず、五穀を喰らって、念仏も申さず生きていることをのべ、殺生は動物の必要悪であって、和尚が人に殺生戒を説くこころはわからない、殺生を戒めることよりも、殺生して念仏こそ必要ではないか、という意見をのべ、つまり、自己流の理窟をこねるのだが、それにしても、冬用のみみずを如何《いか》にして保存するか、とか、つり針捕獲より、はご捕獲の方が性にあったというあたり、鳥の死にいそぐいまわのきわのありようにも、捕獲者としての好みがあった由を示すのである。このあたり、はなはだ、彦吉らしい「智識」とも「感覚」ともよべるものというしかない。

四

盲目だった祖母が明治二十二年に死亡し、母親のみねが三十二年に死亡すると、彦吉は父親とのふたり暮しになったが、この父子はあいかわらず、とりとりで生計をたてた。彦吉の気性は父親ゆずりのもので、幼い頃に寺子屋へゆかせようとした彦左の気持も、じつは、字もよめずにすごした自分を省みて、子にだけは不自由させたくなく、勉学させてやりたいとの親心だったにかかわらず、勉強ぎらいだった彦左のその気性をうけて、とりとり業に子もいそしんだというしかない。彦左はみねの死んだ明治三十二年は六十六歳で、今日の年齢では左程の老齢とはいえないのだけれど、当時は岡田部落でも老年の方で、持病の神経炎をわずらって腰痛を訴え、冬場はあまり外へ出なかった。しかし、六十六年間をとりとりに専念してきたのであるから、彦左には、部落をとりまく、山野の入り組んだ小谷のいっぱいある地形の、どこに何種のとりが集まるかの智恵があって、これを、子の彦吉がよくひきついで、万遍なくそれらの鳥をとりつくすことを念願にしていたから、歩けなくなったむくみ足を撫《な》でながら、宵のうちは、炉端の灰の上に火箸《ひばし》で地図をかき、朝になると、くぐつしかけに出てゆく彦吉へ、何くれとなく鳥の習癖について教育したことがその述懐に出てくる。どうしてそんな名称の谷々があったか、不思議にも思われるが、いずれも仏にちなんだのが多く、地獄谷、弁天谷、地蔵谷、乞食谷、観音谷、釈迦山、普賢《ふげん》谷、香山、不動滝、などといった所が有名で、それらの谷、丘陵、狩地、淵に、それぞれ、種類をわけた鳥どもの休憩地があったらしい。彦左はこれを「トクイバ」とよび、カンナ屑《くず》に、筆書きで、

地獄谷池ぐるり　三月二日ごろ　きじ　鳩
普賢谷はぜ大木した　二月ちゅう　虎つぐみ
釈迦山山桃　二月ちゅう　つぐみ　ひよどり
弁天谷はぜ林　二月ちゅう春まで　つぐみ　きじ

などといったぐあいに記録して、彦吉にあたえている。渡り鳥の群れが、いくつかのかたまりをつくって、田や山へ降りてゆくのをみることがある。だが、われわれは、そこが鳥たちの、永年、羽をやすめてきた馴染《なじ》みの地であることに思いをふかめることは少ない。彦左、彦吉のとりとり話によれば、渡り鳥でも、いったん降りると、そこで羽をやすめて水を呑むうちに、本隊が空を黒くそめて渡ってゆくのを見送って、降りたまま動かぬそうである。したがって、ひよどりはひよどりの、つぐみはつぐみの谷を根城として、棲《す》みはじめる。いってみれば、はぐれ鳥ということになる。しかし、これらのはぐれ鳥も、春がきて、本隊がふたたび北へ帰ってゆく時には、どこかから伝令がきてしらせるらしくて、ある一日、むれをつくって飛び去ってゆくという。この時の数量は、もちろん、秋に降りた時よりは少ない。減ったぶんはつまり、彦左と彦吉が収獲して町へ売ったものとみてよかった。

「和尚どのにいわせれば、釈迦山は釈迦の姿に似、地獄谷は冥途《めいど》の国の地獄に似、普賢谷は菩薩の像をおもわせる石があり、弁天谷は弁天さまの像に似た大岩のあるところであるとともに、これらをかくよびならわしたのは、この世に仏がいますことの証《あか》しのほかなく、したがって、谷々の自然は、生きとし生けるものが平和に棲むところゆえ、殺生は禁物なり、それゆえに、かくよぶものぞと申されてござりまするけれども、その谷々に降りる鳥どもとて、じつはみみず、蛙《かえる》、果樹の実を喰うべく降り来ったものゆえ、殺生どりにちがいござりませぬ。おらが、おやじと、つぐみをとってくらすのも、鳥のなりわいと何のかわりがござりましたろう」

と彦吉は、おのが暮しのために殺生もいたしかたないことだと強調している。

明治三十四年に、東京から「偉いさま」が来たのは、一月二十二日のことで、記録によると、本郷村地選代議士、時岡又左衛門が、西郷従道《つぐみち》、河村純蔵、長岡外史、長谷川某らの名士を招いて、野尻山銅山の視察をかねて狩猟を楽しんでいる。野尻山銅山というのは、岡田部落の反対側に、佐分利川をはさんである小部落のことだが、この山奥に江戸時代から銅が産出され、維新時は閉山になっていたものが、三十年ごろからふたたび、民間業者の出資で開山され、採掘が行われた、富国強兵策にのって清国から奪った遼東半島を、三国干渉によって返還しなければならなくなり、いわゆる臥薪嘗胆《がしんしょうたん》の歳月に突入していた頃といえる。閉山されていた銅山だから、何程の鉱石も出なかっただろうと思われる小山だったけれど、この年ごろは活潑に採鉱されはじめていたらしい。本郷村出身の代議士、時岡又左衛門は医者だったが、晩年、政界に入って、若狭地方出身の一人きりの政人として活躍したが、この年の一月に、猛吹雪のなかを、西郷従道、河村純蔵らの名士を招いたのは、ひとつは、銅山の公害問題の決着もかねていた。農民らは「あか川」とよんでいた野尻川の水を灌漑《かんがい》用にしていて、採掘が激しくなるにつれ、その「あか川」がいちじるしくにごって、沿岸水田の稲が枯死したので、哀訴したためである。この時の「偉いさま」の宿は、本郷村の「西村楼」であったが、折から海もしけて、魚はなく、これといったもてなしも出来なかったところから、又左衛門は一計を案じて、鉄砲を用意し、佐分利谷や対岸の大島半島に狩りを催して、接待している。とりとり彦吉が、生涯のうちで、あとにもさきにもなかったところの、晴れの身となったのはこのときであった。一行は、佐分利谷一円の谷を廻って、きじ、山どりの類《たぐ》いを追うたが、いっこうに獲物は出てこなかった。応援に出ていた岡田部落の長、仲瀬善左衛門が、

「当部落にはとりとりの彦吉と申す者がおり、ほとんどの鳥類の巣を存じておりまするが、その者に申しつけて案内いたさせます」

といいうと、時岡又左衛門は、

「すれば、昨夜の膳にのぼったつぐみのてりやきは彦吉のものであったか」

ときいた。

「左様でござります。いかな吹雪の日とても、彦吉は、日に二、三十羽の鳥を収穫して商いいたしております」

「して、鉄砲を所持しておるのか」

「主としてはごを用いて収穫いたしております」

と善左衛門はこたえた。西郷従道はわきにいて、首をかしげた。鳥も山で眠るであろうこの吹雪のさなかに、それらの鳥を収穫できる、はごの法なるものに興味をおぼえた様子で、善左衛門に、その方法をくわしく訊問《じんもん》した。善左衛門は、もとより、とりとり親子は、自分の部落内の住人であるから、所業を知悉《ちしつ》していたので、はごの法を説明した。

「おもしろい鳥とりよの。ひとつ、わしに見せてくれい」

と従道はいった。善左衛門は、そこで、時岡又左衛門と名士の数人が、鉄砲を置いた素手で長靴をはいて、「西村楼」の前に居ならぶ所へ、彦吉を招いて、さらにくわしく説明させ、彦吉の案内で、岡田部落の谷々をまわらせた。彦吉は、その日は、彦左（もうこの日は寝所にこもって出てこなかった。足がくさりかけていたそうな）の紋付羽織を着用して、かるさん[*4]をつけ、ふか靴[*5]をはき、煮しめたようなよごれ手拭で頬かぶりしていたそうである。案内する彦吉のうしろから、善左衛門が、

「彦吉、頬かぶりをとれ」

といった。彦吉はこたえた。

「鳥は人間の顔をきらいまする。よってに、頬がぶりしなければ、よっては来ませぬ。閣下たちも何卒《なにとぞ》頬かぶりなさりませ」

なるほどと思った善左衛門が、「西村楼」の女将《おかみ》に手拭をもってこさせたところ、その手拭が、いずれも新品で純白だったため、彦吉がいくらか煤《すす》でよごすようにすすめたということが、「聞書」に書いてある。彦吉は、時の内務大臣、西郷従道に頬かぶりさせ、部落の谷を歩かせ、すでにしかけてあるくぐつのある場所へつれてゆき、そこで、しめ木に首をはさまれてこと切れている鳥をみせてから袋に入れた。そうして、従道ら一行をごろくのまぎに待機させておき、自分は雪のふる中を、手すきをもって田の中へゆき、そこにかなり巨大な穴を

掘って、用意したはごをまいて、ごろくのまぎにもどり、

「いまに鳥は降りて来ましょう。いっぷくして待っとれば、必ず降りて来ましょう」

といった。西郷従道は、下ぶくれした大柄な顔をひきしめ、頬かぶりの中で洟《はなみず》をすすりつつ、はごの方を見すえていたという。やがて、十分間ほどすると、山から、鳥たちが舞いおりてきて、穴にむらがった。鳥たちは、粉雪のふる中を、炭粉をちらすように穴に入ったが、やがて、一羽ずつが、ちょうど、一本の丸太炭がうごくように、雪上へでて歩きだした。

「いまでござります。いまが鳥を拾う時でござります」

と彦吉は、従道らをけしかけるように歩かせて、歩く鳥どもをつかませた。

「おもしろい鳥捕りもあるものよの」

と西郷従道はいったが、この時、一行の中に加わっていた長谷川某が、

「閣下、それにしましても、哀れなことにござりまするな」

といった。一行は一瞬、だまったが、この時、従道が、長谷川に何とこたえたか、彦吉の述懐にはのべられていない。彦吉は、西郷ら一行が滞在した大雪の七日間のうち二日間を、無聊《ぶりょう》をなぐさめて任を果し、区長善左衛門から、賞《ほ》めことばを頂戴している。

「野尻のあか川は、その年も赤くにごって、川ぎしの田もちの頭をなやませておりましたが、

さて、偉いさまの帰京の際、田もちらが哀訴に出た由にござりまするが、あか川の水のよごれのとまったけしきはみませなんだ。かな山はますますハッパの音がし、トロッコにて、浜々へ鉱石ははこばれておりました。しかれども、わしが教えましたはごの鳥とりは、閣下も楽しく見物されて、まことに、わしも晴れいしましてござりますが、生涯のうちで、とりとりの、人さまに賞められましたはこの時かぎりで、和尚をはじめ村の衆は、あいかわらずにて、わしのとりとりを、やがては鳥のばちがあたり、地獄へゆくぞと申しておりました。地獄は、部落では、はと、きじの棲みますところなれば、この世にある極楽のことをいうのでござりましょう。わしは、その年の夏に父親が死にましてからも、とりとりをつづけまして、貧困もまた極楽でござります。このような罰あたりにござりますれば、くる嫁もござりませなんだ。ひとり暮しをいたして、七十になりましてござります」

と彦吉は、「聞書」の筆者に感想をもらしているが、西郷従道ら一行が若狭に来たのはあながち嘘でもないらしく、『大飯誌』に次のように簡記されてある。

「明治三十四年一月、当地選出代議士、時岡又左衛門の招聘《せうへい》で、西郷従道を初め、河村純蔵、長岡外史、長谷川某等の諸名士が、当町の佐分利谷方面、大島方面へ猪狩りに来られ、当地の狩猟者を初め、多数の村民が追出しのために動員されたことは老人の話題として今に残つてゐる」

七日間の滞在中は大吹雪がつづき、不猟に終ったことは記されていない。また、この一行が、銅山の公害騒ぎの陳情をうけたことについても書かれていないが、とりとり彦吉の「はご伝授」についてもふれていないのは、残念というべきである。

『丹後若狭草民宝鑑』に記された「聞書」は、福沢の所論によれば、智識を得させることを得さしめずに捨て去られた無告《むこく》の貧しい民の行実《こうじつ》を記録する。げに、「石室に住居して馬車に乗りたくば智恵分別を出して銭を取る可し富貴の門に門はなきものぞ」である。福沢のいう無学文盲の門とはどこにあったかしらぬが、彦吉の行実と述懐は、学識者を抜いていたけはいだが、表《おもて》にあらわれた「記録」になくてもいたし方のないことかもしれない。

＊1　植物で編んだ網の袋。＊2　土を掘り起こす板でつくったもの。スコップの前身。＊3　農家の屋根裏などに木を渡し、すのこやムシロを敷いて造った物置場。＊4　袴《はかま》の一種で、筒が太く、裾口が狭い労働着。＊5　雪道などで履く藁製の長靴。

鯉とり文左

一

『丹後若狭草民宝鑑』に、鯉《こい》とり名人だった文左《ぶんざ》の話が出てくる。文左の本名は檜山《ひのきやま》文左衛門といい、在所は福井県大飯《おおい》郡佐分利《さぶり》村字段《だん》の上《かみ》という所である。檜山文左衛門などというと、篤農、豪族の主人を連想させるが、当人は極貧の水呑みの伜《せがれ》で、住んでいた段の上も、小作人の集まる一角。山の迫った陽蔭地で、石置屋根のかたむいた掘立小舎であった。妻も子もなかった。ひたすら、小作に精を出し、春秋は田仕事、冬は炭焼きで山へ入った。地主の家に吉凶行事があれば手伝い人として傭《やと》われ、生涯を、日傭男ですごした。彼が鯉をとったのは、その仕事の合間のことであって、つまり、本職ではなかった。もっとも、鯉の住んでいた佐分利川は、若狭湾へそそぐまがりくねった長さ約三里半ぐらいの小河《こかわ》であったから、いわゆる養魚池に飼育されたものではない。この地方でいうところの野生鯉である。

　まがりくねった川は、谷の中央を流れていた。左右から迫る山は、雑木の混んだ肌をみせて時折は平地を遮《さえぎ》ったので、つき当った水はそこで渦をまいて、山の土をけずり、深い淵をつくっている。鯉は、この蒼淵《そうえん》に棲息しており、雨がつづいて水かさがます日は、巣へもぐって出てこなかったが、干天つづきの晴れた日ともなると、よく水面へ浮上して、まるでそこに巨大な黒石を置いたようにみえることがあった。大きなのは三尺以上もあって、これらは、一年に一どか二どぐらいしか顔をみせなかったが、村の衆は、川のぬしを見たとか、鯉の大将を見たとかいって、手を出さなかったものである。文左は、このような大鯉をも獲《と》るのが巧みで、村の誰よりも技術が上達していた。

　文左は仕事の合間をみて、佐分利川の岸を歩いたので、鯉の棲んでいる淵や、流れのゆるやかな場所は熟知していた。三尺もある大鯉が顔を出していると、文左は、ゆっくり裸になった。敏感な鯉が、その気配で、水底へかくれる。文左は、蛙がもぐるように一、二ど足をばたつかせて頭から水へもぐる。やがて、崖に沿うて、鯉の穴のある深みに寄り、約三分間ぐらい、音をさせずもぐっているが、浮上してきた時は、両手に今しがたみた鯉を摑《つか》んでいて、静脈をふくらませた顔を水面にあげ、大きく息をついて浅瀬まで泳いできた。鯉はエラの下を文左につよく摑まれているので、軀《からだ》をくねらせ抵抗してはいるが、名人の爪は急所を突いているとみえ、すぐおとなしくなって、だらりと尾をたれるのだった。文左は浅瀬をゆっくり歩いて、岸の草っ原へ獲物を投げる。大鯉は口をあけ、無念そうに、二、三ど裏返ってみせたが、銀色の鱗《うろこ》が草の中で光るのをゆっくり眺めながら文左は衣類を羽織り、かたわらの女竹を小刀で切ると、一、二本の太枝をのこして、小竹をとりのぞいた先を寝ている鯉のエラから口へつきさし、ひょいと肩にかけて、村へ帰った。この間、わずかに十二、三分とかからなかった。名人だといったのは、つまり、文左が、鯉をみてから、あわてず、騒がず、しずかに裸になって、水へもぐるとかならず摑んでみせた特技をいったので、そのほかのことは何もない。『宝鑑』の筆者は、

「段の上の檜山文左衛門は、余人の及ばぬ鯉とり名人なり。道具とて使わず独自の勘と技術を有し、如何に兇暴敏感なる大鯉も、文左にかかればひとたまりなく捕獲せられて、食卓にのぼりぬ。佐分利川には昔より大魚多生し、なかんずく、鯉、鰻《うなぎ》の大なるは一丈に及べり。村人らその姿をみれば脅《おび》えて、川のぬしなりとて拝みしかど、文左は、驚くことなし。不思議なることに、大鯉は文左の自転車の音をきけば、浮上したるまま文左の来るを待ちいたるけしきなり。ふつう、鯉は敏感にして、足音をきけば水底にかくれしも、文左の足音は鯉にも

ききわけられたるものならん。文左を待ちて微動だにせざりしは、如何なることにやと村人ら怪しむもむべなり」

　野生鯉の敏感なことは、佐分利川辺で育った私など少年時を思いだしてもわかることだが、小石を一つ落しても鯉は逃げた。だが文左の場合は、水面にいる鯉は、逃げかくれせず、文左のやってくるまで待っていたと『宝鑑』の筆者はいうのである。一丈もある鯉、鰻も、大げさないいまわしだが、名人ににらまれれば、生き物は観念して待っていたのだろう。そうなれば文左も静脈をふくらませて水にもぐる必要もなかったかもしれない。

「文左は鯉に好かれたる男なりといえり。哀れ佐分利川に住みし鯉ども、文左に摑まればすべて食卓にのぼりぬ。文左人に語りていう。われは鯉の泣くもわろうも聞きわけることを得たり。鯉らわれにかかれば、みな快く成仏せりと」

　鯉が泣いたり、わらったりするものか。寡聞《かぶん》にしてきかぬ話だが、名人の耳は、それもききわけたものか。川に浮上していた鯉は、文左にとっては、大根でも拾うみたいに、容易に収穫できた様子である。文左は捕獲した鯉を町の料理屋、商人宿へ売って、当人は一口も喰ったことがなかった。

二

「人と動物との間柄がやや疎遠になつて却《かへ》つて其噂《うはさ》は高くなつたやうである。猟して捕るといふことは一つの戦闘であつたが、其結果は殆と全部が勝利談、さうでない迄も敵方の敗北談であつた。是が往古以来単純なる人人の、最も聴くことを悦ぶ歴史でもあつた。併《しか》し其以外にも友としての動物の話は多い。（中略）猿は敏捷《びんせふ》であるがよく人の真似をして失敗し、兎は智慮が短く、鼬《いたち》は狡猾《かうくわつ》でよく物を盗んだ。（中略）だから斯ういふ話にほんの僅かでも、附け添へ又は訂正すべき事実に出遭ふと、少年は細かに観察したのみならず、また必ず記憶して群に語つたのである」

とは柳田国男『明治大正史　世相篇』の一節だが、正直いって、私たちも、鯉とり文左の話はきかなかったにしても、佐分利川畔で育った先輩たちの行実が、山野に住む鳥獣虫魚とかかわって事件となった話をよろこんで聴いたものだし、それによって、それらの動物を自分流に観察する手だてを得た記憶をもっているのである。文左が生れたのは、『宝鑑』によれば、明治三十一年である。父は文五郎、母はきとといい、段の上に住んで、やはり小作をなりわいとしたが、川へ入って魚を獲る文左の技術は、すべて文五郎に教わったもので、文左は、五、六歳頃から父に随《つ》いて佐分利川をしょっちゅう往来している。もっとも父も仕事の合間であった。川には鯉ばかりでなく鰻も鮎《あゆ》もいた。文左は、一丁の小刀を貰《もら》った。これは、切り出しといわれるもので、桐の柄がついていた。刃先にかぶせる部分はなめし皮の袋で、柄には「文」と焼き判が捺《お》してあった。文五郎は、幼少の文左にこれを与え、肌身はなさずもっておれ、といった。というのは、時に川岸を歩いていて、鰻や鮎や鯉の大きいのをみた場合は、咄嗟《とっさ》に捕獲する道具をその場でつくらねばならぬ。その時の用意だった。先ず、鰻の場合は、彼らの棲む穴がわかれば、小刀をとり出して、岸の草原で小ぶりな篠竹《しのだけ》をさがし、これを約二尺ぐらいに切って枝を落し、用意した釣針をシブ糸にくくりつけ、竹の先端にとりつける。糸端を手前の口にしばりつけて、付近の湿地を五分間ばかりさがせば必ずみつかる一、二匹の蛙の子、あるいは浅瀬の石をおこせば泥の中で眠っている泥鰌《どじょう》の子を生捕って、針の先にさし、鰻の穴の口にさしだして約十分間ぐらいうごかしていると、入ったばかりの鰻は針先でうごく餌《えさ》の気配で向きをかえる。しばらくは警戒しているものの、すぐぱくつくので、す早くひっかけるのである。鮎を捕る方法は、やはり小刀で竹を切ったが、文五郎は、文左に「得意場《とくいば》」を教えてこれを村の誰にも告げてはならぬといい渡した。得意場とは、そこへゆけば、鮎がかならずいるという溜り場のことであって、そこは、佐分利川でも、かなり流れの早いところか、もしくは岸に、猫柳や、銀柳の小枝がたれているわずかな蔭地に苔の生えた青い石があった。

「あれが、お父つぁのこけ石やど。鮎は、こけ石をふた廻りするんじゃ」

と文五郎はいった。少年の文左を得意場の岸に立たせ、手のとどくばかりの水底に、透けてみえる漬物石大の扁平な苔石を指さしたのだ。石は、角が丸くなり、毛がはえたようなあんばいで、その毛肌はたえずうごいていた。よくみていると、早瀬を、数匹の鮎がす早く渡ってきて、いくらか水のうごきのゆるやかとなる苔石のぐるりへかならず寄り道して一服するのだった。数匹の鮎は、走ってきた息切れを休ませるが如く石のわきにきて静止し、蔭になっているせいでこの時の背中はとがってみえた。ゆっくり隊列を組んで、やがて先頭のが石に腹をそわせてかゆいところをこするように廻転しはじめると、それにつづいて、一列縦隊で廻るのであった。一、二匹は、毛苔の中へ首をつっこんで、何やら餌をあさる気配だが、二、三どこれも尾ひれをふってみせるけれど先頭がふた廻り目にさしかかると、その一、二匹は餌あさりをやめ、列にもどる。そしてふた廻りし、三どめを廻りはじめるかと思うや、急に先頭のが身を翻して瀬の方へ走る。のこりも、それに随《したが》って矢のように走り消えてゆく。

「なんで鮎は三べん廻らんかのう」

文左は父にきいた。

「三べん廻れば、たやすく捕まるがのう」

と文五郎はいった。小刀で篠竹を切り、その先に、米俵につける荷札にさしてあった細い針金を用意していて、一端を輪にしてそれへ一方をくぐらせてとりつけ、苔石の腹にそわせて、待っているのである。瀬をわたってきた数匹の鮎はふたたび石にきて列をつくって廻りはじめる。この場合、文五郎のさしだした針金の輪は石にへばりついているので一どめはよけて通る。が、二どめは必ず、頭を一、二ど針金にあててみてから、ゆっくり腹をくねらせてくぐるのである。そこを見はからって、すばやく篠竹をひけば、鮎は絞られた輪に腹を締められて、白くはねながら捕まった。

「首を入れたところでひくと、針金は腹をしめてしまうで売り物にならんでのう。腹のあたりがくぐる時にひけば、輪は尾にひっかかってキズが出来んでのう」

と文五郎はいった。輪を力づよくひけば、鮎の腹に輪型が出来る。食卓にのぼった時に見ばえがしない。なるべく、輪キズは尾にかかるようにせよ、と文五郎は教えたのである。つまり、輪をくぐらせる時と、ひきかげんが、商品になるならぬの瀬戸ぎわであった。

鰻や鮎は、このような手づくり道具をつかって生捕ったが、鯉は、前記した如く、道具もつかわず手摑みだったので、文左は、父からその潜水法について、くわしく幼少時からたたきこまれた。蛙が水へとびこむように、頭から垂直に淵へもぐる時は水面に泡をたてぬよう、すっぽりと、静かにもぐるのがこつだった。文左は父の前で、何どもこの潜水をやったが、

「尻《けつ》の菊座をひろげたらあかんで」

とどなられている。尻の菊座とは肛門のことであって、少年だった文左のそれは、小菊の花のつぼみのようにしまっていたのだろう。父はその肛門をしっかりとしめていれば、一呼吸の潜水の時間を、それだけ延ばせるといった。文左も、のちに、父が死んでから、鯉とりをうけついだ日々に、村の子供らを前にして、潜水の特技を披露してみせたが、肛門をしっかりしめておるのとおらぬのとでは、水の中のもぐり時間に相当のひらきがあるといった。鯉とりも、つまりは、このような家伝の潜法《くぐりほう》があったわけである。

三

文五郎が、持病のぜんそくが高じ、床をはなれずに一年すごし、看病つかれもあって、さ

とが連れ病《やまい》して、半年へだてずして、死んだのは大正三年の春のことだから、文左は十七歳。両親のつづいての死は、文左を一そう孤独にした。慈愛ぶかかった父母が並んで床にいた姿は思い出になった。二人の急死は、段の上の七戸しかない小作人仲間にも驚きだったけれど、文左の悲しみは誰よりも深かったといえる。文左は臨終の父の枕元で、一通の図面を渡されていた。これは文五郎が、五十二年の生涯にわたって、佐分利川畔に棲む鳥獣虫魚の捕獲場を絵解きしたものであった。文五郎は、「得意場表」と誌《しる》しており、封書用の巻紙に、三里半の佐分利谷を横長に、まがりくねらせてえがき、最上流の川上から順に三森、石山、福谷、小車田《しやた》、神崎、岡安、万願寺、段の上、岡田、野尻、芝崎、山田と菊の葉型にえぐれこんだ小谷《こ》をていねいに列挙し、たとえば、「鰻得意場」「鯉得意場」「鮎得意場」「熊得意場」「うずら得意場」「鶫《つぐみ》得意場」「猪得意場」などといったふうに、獲物別に、その棲息地を克明に記録していた。わけても、鯉については、地蔵淵、弁天岩、小牛沢、不動崖、鵜《う》の瀬、明神下、龍《りゆう》の瀬、馬はずれ、熊の沢などといった、文左もよく知っている蔭地や淵のえぐれた川岸に朱線がひかれていた。

「これさえあれや、花屋の旦那が目にかけてくだんすで。一生懸命精出せば喰いはぐれはないでの」

と文五郎は、痰《たん》のからまる咽喉首《のどくび》を、軍鶏《しゃも》のようにのばしていった。

「うらは、お前に、何一つ財産を残さず、学校へもあげず、貧乏のまま死んでゆくけんど、これだけは、苦労して調べたもンやで、大事にしてけれや」

文五郎はそういったあとで、

「文左、この図面は、村の誰にも見せるな。見せたら、おめのめしの喰いはぐれやど」

といった。文左は、うなずいて、父親のしょぼくれた力のない眼をみていた。文五郎は、それで安心したか、鳥の足跡みたいにふかくしわばんだ眼尻に滴を一つたらしてこと切れた。そのわきにさともいた。

「お母《か》ン。お父《と》は、一生かかって、こんな地図をつくったんやのう」

といってみせたが、さとは、

「気が狂うたみたいに、鳥やら魚を殺してござんしたで、こげな業病《ごうびょう》にとりつかれたかのう」

といった。文左は、どきりとして、母親の顔をみたが、さとは、

「というたとて、おめも、父《と》つぁんのあとをついで、花屋へものを運ぶしか喰う道はないでなァ」

と溜息をついた。花屋というのは、駅のある本郷の唯一の料理屋で、県庁役人や、石灰小舎の重役が出張してくると、そこで宴会があった。季節に応じて、肴《さかな》は必要だったので、川

魚や鳥獣の類は、板前の彦七が自転車にのって、段の上まで注文にきた。客の顔をみてからではおそいので、十日前くらいに必ずきて、たとえば、

「県の土木局長さんがみえるで、七人前の鯉をたのむだいの」

といわれれば、文左は、小作の田仕事がいくら忙しくても、小刀をもって佐分利川へペダルを踏んででかけ、十四の鯉を捕獲して納めた。この収入が、檜山家の唯一の現金であった。

『宝鑑』の筆者は、文左の「聞書」として次のようなことを記している。

「これも父親から聞いてのうろおぼえにござりまするが、むかしは鯉を喰う人の少のうござりまして、管領《かんれい》細川勝元さまよりはやりましたとか。細川さまは大の鯉好きにて、その本にも『他国の鯉はつくりて、これを酒にひたすとき、一両箸《ちょ》に及べばその汁にごれり。淀鯉《よどごい》しからず、いかほど浸せども汁うすうして濁りなし、これ名物のしるしなり』、といわれて淀の鯉は王者なりと申された由にござります。父親も、花屋にゆきて、彦七ともども料理いたしてござりまするが、酒によくひたして刺身といたしましたものの、汁のにごれるものは泥きのよからぬものと申し、多くは、煮込みにいたしてござります。アメだきは下《げ》の鯉、刺身は上《じょう》の鯉と申したはこのことわりにござりました。また父の申すに、鯉はむかし三十六鱗《りん》、六六魚と申しました由。ことわりは、背面一列のウロコが、三十六枚ありて、支那のことわざ

に、六六変じて九九となるとあるは、三十六枚ウロコが九九、八十一枚に変じる所以《ゆえん》にて、八十一枚ウロコは龍にござりますれば、鯉が変じて龍になる由を左様に申したとのことでござります。佐分利谷にも、父が図面に、龍の瀬とありましたれば、これは大鯉の棲む所にござります。人間出世いたす門口《かどぐち》を登龍門などというは、鯉が九九八十一になる由。父はさように申してござります。さて、いくら鯉好きで、料理を好まれましても、結婚式のひき出物に鯉はだしませせなんだ。これは、子とどめのひれのある由にて、鯉は忌まれてござります。子とどめのひれは、鯉の腹のひれのうち、五枚目にあたり、産卵期はふくれるあたりにござります。鯉は清流に棲むものを上品とし、川魚の王と申しておりました。夏はあらい、冬はなます、コイこく、あめ煮、生きづくりなど料理法は多々ありますれども、父は料理する際に、はらわたをよく吟味し、青肝《あおぎも》をつぶすことを戒めましてござります。青肝は首のつけ根から三枚目のウロコのあたりにござりましたれば、先ずそのあたりをぶつ切りにいたし、胆嚢《たんのう》をとりいだして料理いたします。ニガキモはうららもよく承知しておりました。支那はウロコもよく煮て喰うとのことにござりましたが、父はめったに皿にはのせず左様なものは捨てましてござります」

鯉を喰ったことのない文左が、父の料理法をよくみていて、花屋の板前を手つだったけしきがこれで知れるのである。

佐分利川に「赤川騒動」が起きたのは、大正十四年のことである。いま、手許にある『大飯誌』から、そのくだりを抜書きしてみると、

「野尻鉱山は、廃藩によりて、その採掘も中止していたが、明治十年に野尻の浦松六太夫が借区の許可をうけて、同十三年に彦根の杉村次郎に譲渡し、明治二十六年に至りて、鉱毒事件あり、公益に害ありとして、本郷の時岡又左衛門、渡辺源次郎ら有志をあつめて、大阪鉱山監督局に陳情し、採掘終止されることとなりしも、明治四十年にいたりて、坂田貢なるものふたたび借区採掘の特許権を得て、三共銅山と称し、文化的大規模なる機具を使用して採掘を開始せるに、大正に入りてその量以前に比して多量なれば、野尻川は赤水と化して、本川にそそぎ、佐分利川の鮎、鯉、鰻等稚魚にいたるまで、死亡せるにより、村民ら集りてこれを再び監督局に陳情するも、鉱山側聞き入れず、十四年八月十六日、野尻村に盆行事の行なわれて、虫送りにまぎれたる檜山文左衛門、刈谷伊助、松木咲太夫ら七名、頬かぶりして、竹槍もちて、鉱山事務所に押入り、赤水の流出を陳情せしも、本郷駐在より巡査二名かけつけて取鎮めたる事件あり。首謀者三名、高浜町警察に留置され、伊助、咲太夫は十日にて釈放されしも、文左衛門のみは強情なりとて、三カ月入檻《にゅうかん》させられ、秋末になりて釈放された

るも、入牢期間の苛酷に耐えがたかりしにや、常人の眼もとならず、段の上に帰りても、就労せず、終日佐分利川を歩きて、こけとなりて余後をすごせり。哀れなり」

四

『宝鑑』の筆者によると、文左が死亡したのは、大正十五年十一月となっているから、この記述に間違いがなければ、文左は二十九歳で生涯を閉じたことになる。『大飯誌』の赤川騒動は、その文面をみてもわかる通り、佐分利川の中流渓谷に江戸時代からあった銅山が、明治に入って、いったん採掘中止になっていたものが、富国強兵策に便乗する他郷資本家の借入れで再開されて、その採掘法が機械化されたために、多量の鉱毒水が佐分利川に注いで、川に棲む魚類の死滅を招いた様子である。『宝鑑』の筆者は、八月の旧盆行事の虫送りにまぎれこんだ文左衛門らが、鉱山事務所へ六名の同志をつれて脅迫陳情したくだりを次のように書いている。

「文左は、川に生きたる人なり。川に棲む魚類が死せば、自からも生計の絶たるるは道理にて、これが生活の保償を再々願い出でたるも、監督局は不問に附し、鉱山側もよき返答をなさず、曰く、汝は物好きにて鯉をとるなり、生業は農業に非ずや。農事にいそしめば、川のことはかかわりなし。まれに川にあそびて、魚を獲りてあそぶは児童もまた同じからずや。非常時の秋《とき》はいうに及ばず、国民はなべて、軍備のために邁進《まいしん》せざるべからず。たとえ死鉱に等しき銅山なりとも、これを開発採掘するは、国家の用にして、物好きに魚をとりてあそぶに比して、事の軽重は問わずとも明らかなり。文左ら激昂《げっこう》し竹槍にて窓、戸をたたきて破きたりしため、深夜、駐在に捕捉せられて送検されしも、その檻《かん》におけるや断食に等しき待遇にて、改心するまでの収檻なれば、その苛酷は筆舌につくし難し。哀れなり。文左は秋末に釈放されしが、尋常の意識にあらずして、段の上に帰りて、小作に従わず、ただ赤川をながめて、筆書きの父親伝来の『得意場表』を手に徘徊して暮せりと。大正十五年十一月七日、死去。されど、鯉とり文左の名は残れり」

佐分利川畔に育った私などは、大正八年生れゆえに、いくらか、赤川騒ぎなるもののことはおぼえている。もっとも騒動にめぐりあったわけではないのだが、大人たちの話をきいてのうろおぼえにすぎない。昭和初期に至って閉山をみた野尻銅山は、ちょうど、野尻分教場の川上にあって、金山《かなやま》といわれ、子供のあそび場になっていた。わずか五十戸ばかりの小部落の背中に小高くもりあがった山が、丸坊主に刈りとられて、硫黄くさい灰いろの岩石と、漆黒石の扁平な板状の軽石が、三角型の山となっている裾を、赤土のとけて流れる水が、まるで血のように流れあふれていたのをおぼえている。この赤い川は、部落を貫いて、本川へそそいでいたが、本川の川底は、その合流点から、あたかも赤土の板の上に水をながすありさまで、若狭湾に近い河口まで水は赤かった。

鯉とり文左が、所持した、「得意場表」を実見していないから、くわしいことはわからぬが、おそらく、一里半ちかいその赤い川岸には、父の文五郎が、大事に秘した鰻や鯉の棲家《すみか》があったものと思われる。

『宝鑑』の筆者が、気のふれた文左から、前記したような「聞書」をどのようにして得たかは記されていない。おそらく、筆者は、文左が気がふれて、川土堤を徘徊《はいかい》するようになってから、その世話をした段の上の小作人たちの家々を巡り歩いて、嘗《かつ》ての文左のなりわいを又聞きして記録したものではないかと思う。その末尾に、こんな一文をのせている。

「若狭は七十二谷とて、櫛目《くしめ》に入りこむ小川の谷の多ければ、谷をまたげば風習も言語もかわり、草のいろも石のいろも変るなり。たとえば佐分利に赤川あり、遠敷《おにゅう》にめのう石あり、耳川に石灰石あり。されど人は変らず。鯉とり文左の行為は記録に値するなり」

同感というしかない。

穴掘り又助

一

「穴掘り又助」のことは、『丹後若狭草民宝鑑』という本に出てくる。この書物は、『草民宝鑑』の名が示すとおり、この国の庶民、とりわけて百姓、職人の生活や人となりの見聞録であって、若狭、丹後、丹波、近江の四国にわたっているが、私が手にしているものは若狭国内での見聞のみを集めてある。作者は明治中期の人で、足まめに諸谷を経めぐって、土地土地のかわった風習や、人物について聞書きしているが、素姓のわからない人で、その文章と、語りぐちから、あるいは教師でもして、定年退職し、奉職時からひまをみてはしらべ歩いていた郷土人物への関心をふかめ、その余生を賭《か》けてさらに見聞に歩きまわり、片っ端から謄写版にして少数部を知人に配った模様である。私の今手にしている『草民宝鑑』は、その草民記の「若狭篇」といった趣があって、それは序文の行間にもうかがえる。彼は、若狭地方を歩いて、「若狭は岬の多き国にして、谷もまた櫛《くし》の目に入りくみ、寺院神社も数多かれど、谷をへだてれば山河も風習もかわりて興味ふかきなり。人も変れるか」などと誌《しる》している。「穴掘り又助」の話は、その冒頭部にあって、穴掘りというのは、地めんに穴を掘ることを得意とした人物であるが、地めんに穴を掘る仕事は、たいがい「井戸掘り」と「墓掘り」の二つにかぎられていて、又助は、その穴掘りが上手で、終生その仕事を得意としたものの、「井戸掘り」よりは「墓掘り」を好んだことが誌されてある。「墓掘り」というのは、若狭地方の風習である土葬の穴であるから、死人を埋める穴を掘る仕事であって、したがって、この仕事は、村によってはあまりよろこばれない仕事でもあった。それで地方によっては、当番制で穴掘りをきめ、死人が出ると、三、四人の人夫が区長から指名されたので、いやでもしたがわねばならぬような仕組みに出来ている所もあったが、又助の場合は、好んで自らそれをひきうけたので、人々はその奇特行為に感謝もし、生きているうちから、又助に、自分が死んだ場合に埋まるべき穴について依頼していたということである。都会でいえば、「葬祭屋さん」とでもよぶ職業に入るようだが、「穴掘り又助」と『草民宝鑑』の筆者がはなはだ興味ぶかい呼称でよんだ理由には、一つは死人が出た場合、先ず死体を埋めることが仕事の第一であり、棺に入れたり、棺をはこんだり、読経《どきよう》したりするというようなことは、死人の遺族や、菩提寺《ぼだいじ》の和尚《おしよう》の分担である。肝要なことは、又助が、穴を掘って棺を埋めて土まんじゅうをつくらねば葬いは完了しなかったことを物語っていて、すなわち、彼は、死人が出ると急に生彩を放って働いた様子だ。もっとも、どのような村でも、毎日死人が出るというようなことはなかったから、又助は、穴掘りを本職としたけれども、それがないふだんの日は、小作百姓するか、木挽《こび》きの日傭いに出て、わずかの給料を得ていたらしい。死人が出てはじめて生彩を放ったというからには、ふだんは、よほど目立たぬ男でもあったか。

又助は車持又助といった。車持というのは若狭あたりでは「くるまもち」とはよばず、「くらもち」とよぶ。たぶん、又助の祖先は、明治初頭に姓をさずかる際、家に車をもっていたのでそういう姓を貰ったのかもしれない、と又助は考えていたが、この姓は、八十二戸ある又助の部落では一戸きりでもあったので、人は「くらもち」といえば、ああの「穴掘り又助」の家か、とすぐ了解した。『宝鑑』によると、又助の生れた村は「大飯郡本郷村大字猿柿仏谷《ほとけだに》」という地区で、「仏谷」というのは、八十二戸ある「猿柿部落」の西端の谷をいった。そこにある一軒家に生れたとのべている。

「仏谷とはよんで字の如し。仏の谷にして、猿柿の死人の埋まるさんまい谷の所謂《いい》なり。若狭ははるか孤島の漁村をのぞいては死人を焼くはめずらし。島においては、埋むる土をも惜しみしことならんか。されど、猿柿村等においては、古《いにしえ》よりさんまいとよべる共同墓地ありて、人々はその土に埋まりて往生せり。この地は、部落の西方にありしが、往生極楽を夢みし人々の、とりきめなりといえり。又助の母がいいしことに、〃われは縁起でもなき谷の一軒家に嫁したり。この地は陽蔭多くして作物に適せざるがゆえに墓地となりたるならん。人の死に埋まる土地に生くるは忍びかたし〃と。故なきことにあらず、又助幼少時より、死人あるごとに戸前を行列の通りて、僧侶の経よみてゆくを見たれば、さほどのことに驚かざれども、母は他所より嫁したるがゆえに、あきらめもかなわざりしか。父和助は仏谷に住みしは二代目にて、木挽きを業とせり。妻にせがまれて、仏谷より、村しもに越さんと努めしも、なかなかに果せずして明治三十七年秋末に逝き、又助十九歳なりしが、父の棺を背負うてさんまいに埋めしより、穴掘りに長じ、住家の近き故をもって、頼まれれば他家の穴掘りをひきうけぬ。とりたてていうべき動機とてありしように思われざるも、あるいは、幼少より葬列に親しみて、人の死にて穴に入るを親しみぶかく見し習慣からくるものならんか。問うにすでにこの人もなき故理由は不明なり」

と『宝鑑』の筆者はのべている。父の和助は木挽きを業として二代目だったというから、たぶん、この家に生れたとみてよい。そこへ母が嫁いできた。「他所」としてあるから、その生れた村名はわからぬが、しがない木挽き男の家へ嫁いできた女ゆえ、やはり、家格はひくくて、貧しい農家の次女か三女だったのだろう。ところが、その母はいくつで嫁してきたかしらぬが、嫁にきて、その家が「仏谷」という抹香《まっこう》くさいよび名の、陽蔭地にあって、しかも、谷のとば口の一軒家で、部落の家々から離れていて、その上、その谷の奥に小高い丘があって、そこは、死人の埋まる墓地だとは知らなかった、という。又助をうんで養育しながらも、こんな貧しい陽蔭地にきたことを悔いていたとみてよい。よくあることである。嫁にきて子をなしてから、後悔してもはじまらぬこととはいえ、是が非でもどこぞもっと陽当りのいい村しもへ越したいものだと、一生懸命山へ入って稼いでいたらしいが、父が零細な木挽き職人では、なかなか、思うような土地を買って越す才覚はもてなかったことを、この記録は物語っている。どの村落でもそうだが、今日になっても、土葬をつづける村々の共同墓地というものは、村の家の集まる土地から、かなりはなれた所にあって、そこだけが、「隔離」されているのをよく見うける。日本海辺を走る汽車の窓から、少し注意して、村のたたずまいを眺めていると、川のきわの陽蔭地だとか、海の迫る崖《がけ》っぷちとか、作物のとれそうもない貧相な土地に、埋葬地らしい土まんじゅうが、飾り花のまだ枯れずに、飾られたまま淋しくのこされているのを遠望することがある。そこがつまり、死人の眠るところであって、その埋葬地近くに、あまり人家の建っていないのも、人々がその土地を忌み嫌うというよりは、死人の眠る土地ゆえに、現世の住家とするのを憚《はばか》っている風に作者（私）には思えてならない。もっとも忌む気持の中には、死人の眠る土地に住むのを縁起でもないとする迷信も作用していて、又助の母が、子供の又助に、その土地から越したいといったのも、無理もない気持だったと理解できるのである。しかし、その土地仏谷は、それほど、忌み嫌われるような土地だったろうか。

「お嬶《かあ》はこの土地をきらうが、あれは他所に生れたからそんげにいうんで、ここに生れて、ここに育ったわしには、お嬶のいうほど、この土地は痩地《やせち》とは思えんだわの。陽はなるほど、一日に四時間ぐらいしかささんが、陽かげはそれで、陽のかげる所でないと育たぬ草も花もあります。だいいち、うちのまわりの蕗《ふき》をみてみい。牛蒡《ごぼう》をみてみい。むらさき草をみてみい。どこにこんな育ちのよい土地があるものか。富山の問屋が毎年、うちのまわりのむらさき草を買いにくるのも、この土地にはよそにない草が生えるからじゃ。わしは、ここの家を尊いと思うておる。そら、時には、もっと陽のさす村しもへ越したいと思う日もあるが、考えてもみい。この村の八十一戸の家が、どこにそんげな余裕のある土地持ちがいるか。次男、三男に分家さす家はどこにもない。みんな限られた土地にしがみついて生きてござる。わしが、お嬶の望みをかなえようと、それでは、無理して村の家から、その田畑を買おうとしても、何百万積んだら人は分けてくれようか。金で買える土地はどこにもない。みんな、雨だれ三寸の軒下まで野菜づくりしよる村で、どうして越す先があろ。お嬶はさんまい谷はいやじゃというが、あれじゃとて、そんげに眺めのわるいものではない。椿《つばき》の花がどこよりも、赤く咲いて、きれいやし、途中の畑なか道も、彼岸花がじゅうたんみたいに咲いてよる。人が死ねば、なるほどうちの前は行列が通るが、それじゃとて、坊さんの衣は赤、黄、紫と花行列のようにきれいじゃし、棺をかついでゆかっしゃる人らも、みんなこの日は仏心あつい人ばかりで、口喧嘩するでもない、大わめきするでもない、しずかな行列じゃ。どっちみち、わしらとて、いつかはあの山へ埋まるのじゃから、嫌いじゃというても、ゆきつく所ゆえに、その近くに住んでおれば、またよそにない馴染《なじ》みもできる。わしは、この家が好きじゃ。お前も、わしと同じように、ここに生れて、ここに育ったのじゃからして、お嬶のようにきろうておっては、生きてゆけもせん。お嬶は他所に生れて育ったさかいに、他所とくらべる才覚をもっとるが、お前は、ここ以外に住むところがないのじゃから、よそへゆきたいなどという考えは捨てねばならんぞ。人間、どないに高望みしても、歩く足はばは三尺しかない。遠い京、大阪へ出て出世してござる人でも、死ねばやっぱり、ここへもどって眠りなさる。ここはええ谷じゃ。仏のいなさる谷じゃからの」

和助は死ぬ二、三日前に、枕もとへきて粥《かゆ》をつぐ又助に向ってそういった。日頃から、夢みても果せなかった引越しの課題が、死期迫ってみて、やはり果せずに終るかなしみとつながったか、いくらか片意地なとも負け惜しみともうけとれたが、聞いていた又助は、いちいちうなずいて、

「お父《ど》のいうとおり、わしは、仏谷が好きじゃ……」

とこたえている。

「お母《かあ》はきらいじゃというが、わしは好きじゃ。葬列は小っちゃいじぶんから見てきたし、穴掘りさんが酒をよばれて、歌うとうて帰りなさるのもおもしろいし、なんとも思わん。安心してけい」

そういうと、父親は、眼尻をうるませてこういった。

「又助よ。われは、嬉しいことをいうてくれる。われには寺子屋しかゆかせず、ろくに小学校も卒《お》えさせずに、山で働かせたが、いつそのような心を育ててくれたか、わしは嬉しい。これで安心して死ねる。わしの残したものは何もない。古ぼけたこの家と、さんまい谷のみえ

る裏に三畝《せ》の畑があるきりやが、この土地を守って、小作田の守《もり》と、山へ入って木挽きしてくれ」

これが最期のことばになったと、あとで又助は人に語っている。想像するに、又助の父親は、祖父の業をうけて木挽きをなりわいとしたが、そのなりわいが、一日、孤独に山の木と対話していたところから、無口で、おとなしい性質だったかと思われる。それにひきかえて、留守を守って小作田へ出て、村の嬶《かかあ》連中ともつきあっていた母親には、夫の孤独な人生観はなじめない世界に思われて、この陽蔭地の家から、陽あたりのいい所へ出たい望みは捨てられなかったのだろう。もっとも、洗濯物もろくにかわかぬ秋冬の、女の身にしてみれば、不便は男よりも深刻だったはずで、このことへの無理解は又助の側にも、うけつがれてあったとみてよい。父親のはなしに出てきたむらさき草というのは、白い花の咲く草木だが、猿柿ではここにしかなくて、この根は、紫いろだったことからそうよばれて、富山の漢方問屋から毎年買いにくる仲買人がいた。零細なその草を売る収入も、母にすればたよりない銭だったかもしれぬが、ここに生れた和助にしてみれば、それは、限りない地の幸《さち》であって「家の産物」というしかない。よそにとれぬ薬草なら、この地は尊かったといえよう。そのあたりの事情を、子供のころから、父親にいいきかされてきた又助には、父の気持がよくわかり、自然と、それがうけつがれていたとみてよい。いま、このあたりの父子相続する心のありようを見つめていると、この当時、といっても、明治の初期に、教育者として有名だった福沢諭吉が、『学問のすゝめ』などでいったことばが気にかかるのである。彼はいう。

「人は生れながらにして貴賤貧富の別なし唯学問を勤て物事をよく知る者は貴人となり富人となり無学なる者は貧人となり下人となるなり」（『学問のすゝめ』）

「今日本にて貴賤上下の差別あるやうなれども其実は政府の命にて四民の別を立て人種を分ちたることとなし（中略）貧人も富人も政府の命に由て貧富たるに非《あら》ず役人の門も金持の門も開放して誰にも其仲間に這入《はひ》り更に差支《さしつかへ》あることなし（中略）貧富は順番面白き世の中にあらずや石室に住居して馬車に乗りたくば智恵分別を出して銭を取る可《べ》し富貴の門に閂《かんぬき》はなきものぞ門もなき其門へ這入ることを得ざる者は必ず手前に無学文盲と云ふ門ありて自ら貧乏の門を鎖《とざ》し自分の勝手にて娑婆《しやば》の地獄に安んずるなり若《も》しもこの地獄を地獄と思はゞ一日も早く無学文盲の門を破る可きものなり」（『農に告るの文』）

天は人の上に人を置かず、と国民に貴賤上下の別なしといった福沢諭吉は、四民平等の論をここでも言って、学問せざる貧民は地獄をさまよい、学問を経たる智識人は富みて洋館に住んで馬車に乗れるといったが、しかし、若狭の海辺から、三里も遠く山へ入りこんだ猿柿の部落でもっとも人の忌みきらうさんまい谷の蔭地にうまれた又助には、その生誕の明治十八年には、すでに寺子屋の後身の理性尋常小学校なるものが猿柿にもあって、国民皆学の政令に順《したが》えば、智識が得られる道もかすかにひらかれていた。ところが、父の和助は、又助が小学校四年のころから休ませて、ろくによみかきも習わせず、山の木の名と、木の性質と、その伐採のしかたを教えこみ、よその日傭いにも使った。いわば又助は、福沢のいう富貴の門の門をあける方法を教わらずに終っているのである。貧しいものは、勉強しようと思っても、経済上の理由から学べなかった事情は、歴史の示すところであって、『農に告るの文』は、又助のような貧しい境遇の者には、冷酷な論文といえたかもしれない。そこでさらに、福沢はいうのである。

「自由発達の極は貧富の不平均を生じて之《これ》を制するの手段なく貧者はます／＼貧に陥り富者はいよ／＼富を積み名こそ都《すべ》て自由の民なれ其実は政治専制時代の治者と被治者との関係に異ならず」（『富豪の要用』）

「教育なき者が貧に居ることは固《まこと》に当然なりと雖《いへど》も其教育は為さゞるに非ず能《あた》はざるなり（中略）経済論者の言に無智即ち貧乏の原因なりと云はゞ貧者は之に答へて貧乏即ち無智の原因なりと云はんのみ」（『貧富論』）

「最も恐る可きは貧にして智ある者なり（中略）貧智者は他に鬱憤《うつぷん》を漏らすの道なく是に於て世の中の総ての仕組を以て不公不平のものと為し頻《しき》りに之に向て攻撃を試み或は財産私有の法廃す可しと云ひ或は田地田畑を以て共有公地と為す可しと云ひ其他被傭賃の値上げ労働時間の減縮等悉皆彼等の工風に出でざるはなし彼の職人の同盟罷工なり社会党なり又虚無党なり其原因する所明に知る可し（中略）唯智慧あるが故に苦痛の苦痛たるを知りて自から満足するを得ず甚だ不平の鬱積遂に破裂して社会党と為りたるものなり貧人に教育を与ふるの利害思はざる可らざるなり」（『貧富智愚の説』）

ながく引いてみたのも、じつは又助が十九歳の時に死んだ木挽きの父が、枕もとへよびよせていったことばは、まことに福沢にいわせれば、学問せざる貧民の、智恵なきことばであったかどうか。福沢はたぶんに社会主義をきらったところから、貧民に勉学させることは、害もあるといって、遠くで人間差別をなして、その利害の上から人間の平等であるべき教育権に片よった判断を下している。もっとも、『学問のすゝめ』は明治五年であり、『貧富智愚の説』は明治二十二年であって、その間に、福沢はいろいろな社会現象をみたために、無産者への気構えが変ったのだろうことは想像されるにしても、富者の子弟にだけ教育が存在し、貧しい子弟には教育が存在しなかったと見る軽率さにあきれないではおれない。学問は大学でするものとはかぎらぬ。木挽きが山でひく木との対話から、さんまい谷に近い陽蔭地を恨んでくらす母のくり言にも、それをだまってうけながして、ひたすら働き、陽蔭地が生きるに尊い土地だと、そこに生えるむらさき草の、白い花を賞《め》でて死んだ親に、教育がなかったとはいえない。人は、そのこころさえあれば、どこにいても、たとえあすの食事もかなわぬ貧家に育っても、教育は得られるものである。明治の大教育者とうたわれ、先覚者ともいわれた人が、このような全国津々浦々にあった貧しい家の、かたすみで、学校教育をうけたくてもうける余裕のなかった子弟たちが、親の汗する労働の姿から、学んだ精神について配慮がなかったことは惜しい。さかしらな批判はこれぐらいにしておいて、又助の穴掘りについて述べねばならない。

二

「さんまい谷はよき土地なり。美しき土地なりと又助は考えたり。そは父よりの遺言なるも、なるほど母がいう如き悪地にあらず。蕗も牛蒡も出来よく、とりわけて、裏畑の作物は芋類に成果をみ、一家二人の惣菜に事欠くことなきのみならず、薬草もまた多きなり。むらさき草、げんのしょうこ、毒だみは問屋の好む草にして、夏に収穫せしものを冬にいたりて仲買人に売りて貯蓄にあてぬ。されど、いつの頃より又助の穴掘りに関心を示ししやつまびらかならざれども、村人のいいけるは、その父の埋葬の際に、他家に及ばぬねんごろなる葬いをなせしに人の感動し、のちにその手を借りて、穴を掘るを依頼せしとなり」

『草民宝鑑』の筆者は、そう書いてから、次のような父和助の葬いを、十九歳で孤独にすませた又助の行状を記すのである。すなわち、和助は、又助に、この仏谷の土地を尊べといいさとして三日目に死んだのだが、五十六歳という年齢は、この当時では、まあ人なみのことといえたろう。和助は、山で材木があたった骨折から、足を患《わずら》い、かなりながい期間養生していたようだが、腎臓病を併発して、腹がひどくふくれる体質になり、痛覚もあって、食もすすまず、栄養失調で肝臓を弱め、黄色い肌のまま、やせ細って死んでいる。医者にもかからなかったので、はっきりした病名はないが、村では「腹いた」のための死ということになっている。又助は、その死をひどくかなしみ、父が嘗《かつ》て、家のまぎにのこしておいた板をけずって、すべすべした一張羅《いっちょうら》の棺をつくり、そこに遺体をおさめて、さらに、父が生前に山でつかった愛用の道具をつめてフタをした。みていた村人が、なぜに勿体《もったい》ない道具を土にうめてしまうのか、ときくと、又助はこたえた。

「人間はこっちのくにでだけ働くわけではねえだいの。あっちのくにへいっても働かねばなんねだから、大切にした道具をもたしたんだ」

村人はわらった。

「阿呆なことこくぞ。人間死ねば灰だ。あっちの国は、働かなくてもくらせるらくな国のはずじゃのに」

「そら思いようじゃが、父《と》っつぁん。おら、お父が向うへいっても道具なしでは肩身がせまかろと思うてもたせたんだ」

と又助はいって、和助が生前愛用していた麻織のはっぴを着せ、髭《ひげ》もそり、髪もそって、合掌させて、棺におさめ、さらにその棺を白布につつんで、一人で背負ってさんまい谷へはこんだ。

「おら、お婆の穴を知っとったで、お父をそこへ埋めてあげるだいの」

と又助はいった。いつそのような研究をつんでいたか、和助の母、つまり又助の祖母の埋まっている古穴を掘りかえして父を埋めたのである。このことは村じゅうで評判になった。なるほど、和助は死んで、母の眠っている穴へ入ったなら、母に抱かれて眠ったような気がした。ところで、八十二戸のどの家に死人が出ても、さんまい谷に埋められるとはかぎらなかった。金持の家は、自分の屋敷、といっても、家よりはわずかにはなれた持ち山の狩地《かりち》とか、平坦地の隅に墓所をもっていて、そこを埋葬地にしているところもあるが、そんな家は十戸ぐらいしかなくて、たいがいは共同墓地のさんまい谷に穴を掘られて埋められる。それゆえ、わずか三十坪あるかなしかの、丘の上のそこは、古くからの死人がいっぱいつまっている。どこを掘っても白骨が出てくる。もっとも標示はあって、新しい仏はまだ土まんじゅうが高くて、飾り花や供物膳《くもつぜん》があってわかるが、数年たつと、花も供物も風雨にさらされて朽《く》ちてしまい、赤土の山だったそこも草がはえて、どこがどこやらわからなくなる。そこで穴掘り人夫は、なるべく古仏の眠っていると思われる地めんを掘ることにするが、たいがいの場合は見当をつけるだけのことで、そこが昔、誰の穴であったかを調べて掘ることはめったにない。

そこで、又助が、和助を祖母の穴に埋めたときいた村人らは、

「おめ、お婆の死んだ日を知らねくせして、どして、そんげな穴がわかったかや」

ときくと、又助はこたえた。

「おら、ちっちゃいときから、さんまい谷が遊び場やったから、穴掘る人にきいて知っとった。お婆の穴は八重椿の根から三尺しもやったそうやし、お爺の穴は一輪椿のした一尺のあたりやった。そいで、そこへ石をおいて、毎年まいっておったで知っとった」

子供の時から、さんまい谷が遊び場だった又助には、時々死人が出て穴掘り男がきた時、そこへ行って昔の人の埋まっている穴を教えてもらうことが出来た。又助は毎年、その穴へ詣《もう》でていた。とすれば、父が死んだ時、祖母の穴へ埋めることも出来たのである。また、自分で穴を掘り、自分で担《かつ》いでゆかねばならぬ理由もあった。母親は、その行為をもちろん喜んだけれども、子がこの仏谷に生れたことから、そのようにさんまい谷の穴にくわしい、陰気な男に育ってきたことに、怖気《おぞけ》もおぼえて、せめて又助の代には、よその土地へ越したいとあせるこころもわいたようだが、この母親も、和助が死んで四年めに、持病のぜんそくが高じて夏のあついさかりに逝《い》った。四十八歳であった。いまから思えば、若死といえるが、当時としては、まあ充分とはいえなくも人生五十年とすれば早死の方ではない。又助は、この母の死体を父和助の穴からわずか三尺ぐらい下方にある地点に埋めた。というのは、なるべく父の穴に近づけたいと思ったためだが、父はまだ死んで四年ぐらいしかたっていなかったので、土まんじゅうはのこっていた。飾り花や花立ての青竹は黄ばんでいたけれど、まだしっかり地めんに立っていたので、おそらく下の穴では棺もまだくさらずにあって、父の遺骸はまだ土になりきれずにのこっていると思え、その父の眠りをおびやかすことはいけないと考えて、三尺ほどへだてて母を埋めている。この配慮も、また村人を感心させたことは充分

であって、

「又助よ、われは、穴掘りが上手じゃ。おらが死んだ時も、おっ母のわきへ埋めてくれんかのう」

と依頼する人がいた。冗談ともきこえたが、しかし、これは、村人の本音であって、たとえば、この当時、明治三十六年に流行したチブス事件では、八十二戸のうち過半数の四十五軒に一人ずつの割で死者が出て、さんまい谷は、四十五個の遺体を一様に埋めねばならなくなり、土地が不足したので、急場しのぎに、余裕の土地のある家は、死人を自分の持ち地の隅へ埋めたものの、それでも尚《なお》、さんまい谷は満員になった。この際、死人は一切平等である見地から金持も貧乏人も順番をつけず、死んだ順に上から穴を掘ることになった。もっとも、又助も、この穴掘りに参加していたが、誰いうとなく、日頃から喧嘩ばかりしていた男のわきに埋まるのは、仏にとっても冥途《めいど》でまた喧嘩しかねないだろうということになって、それぞれの生きていた日頃に仲よしであった者の隣りに組みあわせて眠らせる配慮が必要になった。輪番制で出た穴掘りも、そのため相当苦労した記録が残されている。また、この騒ぎのように、いっときに死人の出た場合は、さんまい谷は大騒ぎで、死人の集団も、一種のにぎわいをみせて埋められる趣があり、ふだんの孤独な一人仏の埋葬よりは、穴掘りにも活気が出ていたことが想像される。しかし、チブスなどの伝染病は毎年あるわけでなかったから、死人は翌年からまた例年通りにもどって、多くて一年に三、四人というところに落ち着いている。又助は、その死人たちの遺族から、それぞれの埋葬場所をたのまれた。律義者の彼は誰彼の差別なく、ひきうけた。木挽き職の本業があったにかかわらず、死人が出れば、山仕事を休んで穴掘りに精出すのである。又助のこの行為を、あまり喜ばなかった母親はもう死んでいなかった。それで、又助は、仏谷の一軒家で一人住まいでもあるし、誰に気がねもいらなかった。よろこんでひきうけた。そのうち、又助の脳裡には、さんまい谷の地図が出来、どこの誰それが、どのあたりの地に埋められ、しかも、その遺体は、どれぐらいの腐りぐあいであるとか、どれぐらいの場所を占めて地中にあるだろう、などといったことが、予測できるようになった。それで、死人が出るたびに、区長の関口林左衛門が、又助のところへきて、「こんどはどこに埋めたらよいかのう」と古仏の順をたずねている。夏秋の草のたける頃は、新仏も古仏も、わからぬぐらいに茫々《ぼうぼう》の土地であった。死人の肉が地にしみ、草もたけりが目立つようであった。また、この丘をとりまく椿の林は、数十本あったが、いずれも、背《せ》低《ひく》な木ながら幹は大人の腕より太くて、枝も混み、冬から春さきにかけ、八重、一重の真赤の花がむれ咲いたけれども、どの花の色も、村の家の庭にあるのとちがって、黒みの勝った濃い赤であった。これも、死体が土にとけこんで肥《こ》やしとなったせいかともうけとれた。又助はのちに、よくいった。

「さんまいの椿は死人の育てる木でやんす。それゆえに花の色もこころもち黒うみえて、登り坂の六体地蔵わきの、彼岸花でさえちがいまする。あれは水子《みずご》の浅掘り埋葬地ゆえ、肥やしもあって、花はあんげに毒々しいのでござりましょう」

さんまい谷へ登るには、棺を担って歩く都合から、なだらかな九十九折《つづらおり》の道が出来ていた。そのとば口に、鼻のかけた六体の石地蔵が、野ざらしにならんでいて、菩提寺の和尚にきくと、これは六道の辻に立つ地蔵の由で、地蔵は、そこに立って死人を迎え、極楽へ導くのだそうだ。古い習慣からこの地蔵のわきには水子が埋められる。水子とは、新生児のことで、うまれて間もなく死亡した嬰児《えいじ》のことをいった。まだ年はもゆかぬ畜生にちかい生物のいのちの果てたものゆえに水子は慣習で、和尚の枕経ももらわずに、ミカン箱に入れられて、家人の手で埋められている。その一角にだけ彼岸花がむらがり、他の場所の花とちがって花弁の色も黒みをおびて血のように赤かったと又助は述懐しているが、『草民宝鑑』の「聞書」に、

「おらがどの家の仏の穴掘りをもうけおいまする以前は、村の家の輪番にて、上《かみ》の町《ちょう》から順ぐりに札をまわして四人組にて掘りましてござります。喪主さまより酒一升、米二升が駄賃に

ございました。金持の仏が、綸子《りんず》の着物をまとい、種々の持ち物をも棺に入れて埋まりますのを、見おぼえておりまする番の者は、深夜さんまい谷へまいり、新仏を掘りかえし、棺のフタあけ、死人より着物をはぎとりて売りましてございります。まことに、おそろしい穴掘りもいたのでございりまするが、このような話はもちろん他所村の噂《うわさ》にて、猿柿の在ではきいたこともございりませなんだ。何分にも、そのような不心得者もおりましたことゆえ、人はこの仕事を卑しんだものでございりましょうか。おらはもちろんそのような穴掘りをにくみましてございります。おらが穴掘りをよろこんでひきうけましたのは、人の生の果てましたことのかなしみにございります。おらとて遺族同様に哀れの宿りましたことは当然ながら、それぞれの死者の生前からの約束により、おらの掘りたる穴に埋まりたいという人の多うございりましたことが何よりの理由でございりました。仏谷の家は、さんまいのとば口でもございりました故、まるで仏番のように思われたのでございりましょう。谷の仏さまたちの眠り場所をそらんじておりますおらは、人には役に立ったのでございりましょう。のちに棺、膳、位牌《いはい》、花立て、生花（しきび）をとりそろえて、戸口に置き、販売いたすようになりましたのも、区長さまの依頼もありました。けれど、自然とおらが、葬祭一式をあつかわねばならぬようになったためでございりました。棺は、寝棺と坐棺と二種ありまして、喪主の好みにてこしらえましたが、おらが作ります以前は、村内の大工に依頼するのが慣《なら》わしにて、大工は本業の忙しい時は、カンナ使いの手間も惜しみ、貧乏な家の仏は、四角な枠《わく》に四分板をはりあわせただけの粗末なもので、見るからに荒々しいものでござりました。もっとも棺は、土にうめてしまうもの故に、化粧の必要もなかったのでしょうけれど、たとえば、外からうちつけましたる釘が内側にとび出ていたり、板のソゲが出ていたりするのをみます時は、仏はさぞいたいたしい思いもするでござりましょう。仏は死人にござりまするから、釘にこすられても痛《いと》うはござりませぬ、と人はいいましょうが、また反対に痛かろう、すわり心地もわるかろうと思うのが、生きの身の思いというものでござります。それで人の生の果てて最後の眠りにまいりまする箱が、荒けずりで、釘の出ていたりするは、らっちもないはなしといえましょう。おらが棺はそれ故に死人の身になってつくりました。内側をすべすべにカンナかけ、外側も、美しくカンナかけ、釘はもちろん板の外に出た場合は、内側からカナヅチでよくたたき、衣類の裂けぬようとりはからってまいりました。位牌、膳、花立ても、みな白木の松材でつくるのが慣わしで、これとて、大工にたのめば、上カンナもかけない粗《あら》っぽいものにござりましたものを、おらは念入りにカンナをつかい、すべすべにしました。菩提寺の和尚さまは、おらが位牌は筆ののりがよいとて賞めて下さりました。このような評判がたちますると、誰もがおらに葬具一式を依頼するようになり、おらも、また誰彼の差別なく、平等にひきうけてまいったわけでござります」

又助の述懐は、穴掘りから葬具一式を売るアルバイトもやったとのべるのであるが、猿柿ばかりでなく、若狭あたりの孤村には、葬具屋はなかった。又助のように、器用に棺や位牌その他の一式をつくる男はいて、それぞれ村の者が重宝してきている報告はある。又助だけがそのような新商売を案出したということにはならない。

三

滋賀県下の木之本紡績の同盟罷業煽動者として暴行教唆罪に問われて下獄し、仮釈放後賤《しず》ヶ岳《たけ》山中で首つり自殺した栂尾《とがのお》重友の遺体が猿柿に帰ったのは、明治四十四年十一月二日のことである。栂尾重友は、仏谷ではなかったが、部落でも、やはり小作人の集まる下《しも》ん所《じょ》の山裾《やますそ》のくず屋根の家に生れていた。重友は明治十七年生れであるから、又助よりは一つ上だったが、又助は七つ上りなので、理性尋常小学校では同級だった。大頭の、鉢ののっぺりとひろがった重友は、誰よりも背が低かったが、頭だけは人にまけない大きさで、教師にいわせればその大頭には、智恵の味噌がいっぱいつまっているということだった。算盤《そろばん》も、読み方も、習字も、級で一ばんの成績で、一年生の時に旧藩主の酒井侯から奨学金を貰い、尋常六年卒業までの学用品の恵与の恩典に浴しているが、旧藩主の酒井家がいくらその才能を賞《め》でてくれても、尋常科を卒業してしまうと、重友の家は貧しかったので、彼の希望する鉄道講習所入りもかなえられなくて、卒業時に勧誘にきた木之本紡績へ、学友とともに少年工として集団就職している。もっとも、猿柿から、重友ら五人の同級生が、紡績工場にゆく話を又助は聞いてはいたが、父につれられて山に入っていたので、出てゆく日のことはもちろん見ていない。しかし、重友のことは、よく勉強も出来たので畏敬《いけい》もしていたし、又助は三年までしか通学しなかったものの、上級になってからの重友が、奨学金をもらっているということもあって、村ですれちがってもまばゆく見え、学業を捨てている自分に劣等感をおぼえた。その重友が、木之本につとめて、労働組合に入り、運動家となっていることなどはもちろん知らなかったが、彼が同盟罷業の主導者だったことから警察につかまって新聞に名前が出たことで評判になり、また、就職当時、猿柿から一しょに就職していった四人の者が、いずれも当時の職業病ともいわれた結核を患って帰郷し、うち三人が死亡、のこった一人である前田多吉から、木之本での重友の活躍ぶりについては、これも遠い噂ながら、組合運動では相当の地位を占める人物になっているときいていた。新聞で、重友が逮捕され、暴行教唆罪で投獄されたとわかると、又助は、あの男なら、そのようなことになる経過もわかる気がした。向学心を燃やしたけれども、母親が早く死に、父親が左官で精出していたとはいえ、弟たちも多かったので、とても学資は出なかったようである。福沢諭吉の「四民平等の学問のすゝめ」についてのべておいたが、さしずめ、重友の場合は、福沢にとっては、勉学させては害をともなう人物であって、貧乏な家の子は、それらしく勉学せずに、左官の手つだいでもしておれば、世のためになるとされた人物といえたかもしれない。福沢はいったものだ。

「最も恐る可きは貧にして智ある者なり（中略）貧智者は他に鬱憤を漏らすの道なく是に於て世の中の総《すべ》ての仕組を以て不公平のものと為し頻《しき》りに之に向て攻撃を試み或は財産私有の法廃す可しと云ひ……」

栂尾重友の暴行教唆罪は、新聞によると、賃銀値上要求と厚生施設の拡充要求のために同盟罷業した際に、彼が所属した木之本紡績の下請会社旭織機場の組合代表として本社総務部長の板垣静男と団交中、提出条件の説明をろくにきかずに、「社会党の廻し者」と罵倒《ばとう》されたので、激昂し、わきにあった椅子をふりあげて板垣部長を脅《おど》し、団交を中断させた上に、翌日から約二十日にもわたる長期の同盟罷業の起爆の役目を果したかどで、警戒監視されていたところ、罷業弾圧に出た会社側の傭人及び警官隊と衝突して、小ぜりあいが起きた際、重友は先頭にいて、警官二名並びに会社側傭人二名に暴行し、傷害を負わせて逮捕されている。長浜拘置所に連行されて、裁判に付され懲役一年をいいわたされ、服役七ヵ月で仮釈放となったが、帰郷を約束した上での釈放だったにかかわらず、なぜか、若狭猿柿へ帰らずに、木之本に近い賤ヶ岳の山中で首をつって死亡した。解剖の結果、重友自身も軽度の結核を病んでいたと、新聞はつたえていた。

又助はこの噂をきいた時、重友の遺体が猿柿に到着した場合は、穴を掘ってやるのは自分の役目だな、と思った。ところが、遺体が本郷駅に到着した夕方、父親の太兵衛が「国賊となった子の顔などみたくない」といって、弟の和重にリヤカーをひかせて迎えにゆかせ、葬いもせずにさんまい谷へ埋めるといった由をきいて、びっくりした。又助は、その日の夕方、村しもへリヤカーを出して、板を敷いた上に綿のはみ出たふとんをととのえている和重のわきへ行った。村の者らも三、四人黙ってみていたが、

「お父《ど》はいかねのか」

と和重にきくと、和重は、

「お父は頭いたおこして寝とる。国賊の兄なんぞ迎えるわけにゆかんいうとる。しかたない。

おらが積んでもどって埋めてやる」

と和重はいった。きけば、役場へ通知があって遺体は木之本であつらえた棺に入れられ、本郷村から勤務している二人がはこんでくるということであった。この二人は、ともに集団就職した仲間で、罷業があるたびに、村へもどって、猿柿へも情報をもってきていた男たちである。和重は顔も知っているそうであった。又助は、リヤカーをひいてゆく和重のうしろから、尾《つ》いて歩きながら、約一時間かかる本郷駅までの畦道《あぜみち》で、つぎのような話をかわしあった。


「お父は馬鹿げたことをいうと思わねか。重友は、ぜったいに国賊なんぞじゃないぞ」

又助がいうと、和重は、

「けど、懲役人やから国賊に近いわな」

といった。

「新聞をよんだか」

「新聞もよんだし、何ども警察へよばれたから兄のやったことはわかっとる。あいつは、やっぱり人にめいわくかける男やった。頭がよくても、人にめいわくかけるようなことはあかん」

「けど、わしはそうは思わん。重友は、ストライキを煽動したということで裁判にかけられたらしいが、そのストライキの目的は、集団就職した少年工らの待遇がひどうて、誰もが肺病になってもどってくるような事情をかなしんで、一日も早《はよ》う労働条件を改めてくれるよう申し出たらしい。わしにいわせると、重友のいうたことは理にかのうとる。国賊というのはまちがいや」

「もうすぐ、戦争が起きる音のしよる非常時に、兄は、この国にたてついとる。やっぱりお父の怒るのは無理もない。又さんは、古河さんのはなしを知っとるか。西津の古河さんも国賊になって殺されたし、あの遺体は、西津へもどっとらん。西津の親族はうけとらんという噂や。お父も、古河さんのようなことがあったで、兄やんのことは、村へ申しわけがたたんいうとる」

「馬鹿なことをこくお父や」

又助は足もとへぺっとつばをはいた。いま、ここで、重友の弟の和重が、西津の古河さんといったのは、この日の数月前に起きた、大逆事件の犠牲者のことであった。のちに無実とわかる罪をきせられて、東京市ヶ谷で処刑された古河力作のことをいう。この当時、若狭の猿柿でも、谷一つくらいしかはなれていない西津村の出身で、世間を騒がす大事件に名をだした古河力作のことは、誰もがきいていても、その古河力作が、事件の首謀者として処刑されたとなると、誰もが事件が事件であっただけに、口を緘《かん》して、その是非をはなしあうということはしなかった。恐ろしい事件に加わった国賊をうんだ地方民としての、心の痛みを感じていたのである。又助もまた、その一人であったが、しかしいま、重友の父親が、同盟罷業の煽動者くらいで投獄された子を国賊と見なして、遺体をひきうけぬといいだしたことに反撥を感じた。

「西津の古河さんとはちがうがな。兄やんは、村から出た友だちのことを想うて、一生懸命にきばったのや。肺病で死んだ友だちのことをな」

又助は、五人の友達のうち、四人が肺病でもどって、もどったその年に三人がばたばたと死んだのを、棺にも入れ、穴も掘って埋めていた。その友達は又助にとっても、三年生まで同級であって、それぞれ思い出もあった。学校のころは、至極丈夫で、肺病になどなる家筋でもなかった。集団就職で木之本へ行ったがゆえに、背負ってしまった業病であった。その業病は、行った先の労働条件の苛酷からきていた。このことは、まだ、死なない前に、寝ていた一人を見舞った時に、その友の口からじかにきいて知っていた。

「穴掘りは、いろいろの人の死にめぐりあうのでございました。奉公に出て、病気で帰ってくる者は、木之本の工員だけでなく、京の友禅業にも多く、とりわけて女工はみな、爪を真っ黒にして、青白い顔をしてもどり、早い者は翌年をむかえずして村で死にましてござります。しかれども、栂尾の重友さんの葬式だけは、父親の意志もあって哀れでござりました。菩提寺の和尚も枕経にきませず、和重とおらが二人して、リヤカーに積んで帰った遺体に、区長さまが合掌にこられただけで、深夜、十時すぎに、さんまい谷へ埋めましてござります。おらは和重のもつ松明《たいまつ》をたよりに、枯草の上の土をよくしらべ、重友の母親の埋まりましたる八重椿の根方から、約二間ばかり西側の古びた土まんじゅうを掘りおこし、夜目のなかで、それが確かに重友の母《かか》さまの骨である証しの、髪のまだくろぐろとして、地下を這《は》いまする椿の根にからみついているあたりへ、穴を掘りととのえ、重友さんを眠らせたことでござりました。国賊とよばれた人も、おらの才覚で母のもとで眠れたのでござります」

又助のこの述懐は、『草民宝鑑』のなかでも圧巻の部にぞくするが、穴掘り又助が、六十歳で死ぬ生涯に猿柿八十二戸で死亡した仏たちを埋めた記録は、まだこのほかにも二、三あって興味はつのるのだが、紙数がつきたので筆を擱《お》くことにする。

てんぐさお峯

一

『丹後漁民遺芳』という本に、白崎浜のお峯の話が出てくる。この本は謄写版二百頁の小冊子だが、土地の郷土史家木暮又四郎という人が、丹後でも海に面した与謝《よさ》近在で働く庶民のなかの、とりわけて海の事業にかかわった男女の半生または生涯を聞書きしたものである。つまりは無名の人の遺芳録といったもので、嘗《かっ》て作者は、この地方も含む『丹後若狭草民宝鑑』なる本の記事をもとに、「穴掘り又助」「鯉とり文左」などといった風変りな人物を紹介したが、『遺芳』に出てくる白崎浜のお峯も、てんぐさとり*1で生涯を送り、海に生れて海をはなれなかった。また在所の誰よりもてんぐさ、昆布を獲《と》るに特技を示したので、『宝鑑』の筆者が名づけたように、なりわいを頭に冠して、「てんぐさお峯」とよんでみたわけである。

与謝は地誌上の名は丹後半島である。京都府の北方、日本海へ小犬の首のようにつき出た半島で、東は若狭湾に臨《のぞ》み、西は日本海に沿うて、遠く但馬《たじま》、伯耆《ほうき》の海岸へつづいてゆく。東の湾の入江に宮津湾があり、天の橋立で名高い景勝の地だ。橋立の松並木は、阿蘇の海を抱いて、一の宮に到り、対岸はノミでえぐったように半島が削《そ》がれ、北へむかう道がのびている。西国二十八番観音霊場成相寺《なりあいじ》の下から、伊根、新井《にい》、野室、蒲入《かまにゅう》、経ヶ岬にきて、ここから西へ、袖志《そでし》*2、犬ヶ岬、間人《たいざ》、網野、久美浜に至って、但馬へ入ってゆくのである。

白崎浜は袖志に近い小部落だから、半島の最北端といってよい。戸数わずかに二十七戸、人口六十八。いまはこの磯近くを、伊根からきた国道が舗装されて、山の形に沿うて、あるところはトンネルとなり、あるところは、波しぶきのかかるような浜づたいの道になって車も走るけれど、『遺芳』の筆者が訪れた明治初期から中期にかけては、このあたりは殆んど道らしい道はなくて、人々は宮津へ出るにも、城崎《きのさき》へ出るにも、舟を漕《こ》いだ。道はほんの杣道《そまみち》ぐらいで、陸の孤島といった名がふさわしかった。したがって、白崎に生れたお峯が、その生涯の殆んどを、この村落でくらしたのも、べつだん不思議なことでなく、白崎だけでなくても、袖志や犬ヶ崎の近くに生れた者は、外へ出て働くということはまったくなかった。もっとも、これは陸上の話であって、海上に出るとなれば話はちがう。漁区がせまい土地柄ゆえに、男女を問わず、舟に乗って沖へ出て、遠くは若狭湾から越前近いところまでゆき、昆布やてんぐさをとる日があって、土地をうごかなかったという意味は、僻地《へきち》の寒村を根拠地にして、海で働いたという意味である。

お峯は白崎村の漁夫源助、たかいの間にうまれた。習慣によって、村の誰もと同じく産小舎《うぶごや》でうまれている。産小舎というのは、若狭地方にも現存する出産部屋のことであった。昔の女子は、産み月が迫ると、自宅を出て、村落共有の小舎へ入って産んだ。宗教的な配慮もあったかもしれない。女性は五障三障の身だと説く仏教からも、また月経を不浄とみる神信仰の立場からも、子を産むということは、忌み嫌われたものか。人の生誕を忌み嫌うというのも変な話だが、この産小舎の風習のしっかりした理由を教えてくれた書物を私は知らない。喜田貞吉という人の『随筆日記』に、

「若狭国に近い越前の常宮あたりでは、産小舎、月小舎といふのを設けて、ただに産婦ばかりでなく、村中の月経時の婦人も皆其の月小舎に経時を送る習慣があるさうで、先年京大の梅原君が精しく調べて来られたことがあつた。木曾の山中にも駿河《するが》の由比あたりにも、今尚《なほ》此風があるといふ」

とあるから、お峯の生れた白崎の産小舎に似た話は、まだよそにもあったとみてよい。『遺

芳』にも、

「産小舎は女子の分娩を不浄として忌み、十五日前より別火《べっか》にて籠《こも》らせ家人の世話にて分娩せしもあと五日籠り、六日目に新生児と母家《おもや》入りする習慣なりき」

とある。つまり、妊婦は産み月が迫ると、予定日の十五日前から、一家の者と別の火で食事一切をつとめ、産小舎に入ってからは、家人の世話で孤独に子を産み、産んでまだ五日はすごして、六日目から「母家あがり」したとみてよい。「母家あがり」といったが、じつは作者の故郷若狭本郷村にも、似た風習はあって、産小舎こそなかったが、家の土間の一部に、にわかごしらえの板床の間をつくり、ここを「産部屋」と称し、妊婦は別火で、分娩後一週間目に、「お間《ま》あがり」といって、皆に仲間入りする風習があったからだが、同じ若狭の立石岬などに残っている産小舎を見ても、浜に面した高台斜面の、峻崖《しゅんがい》の地にある。広さは六畳ぐらいで、トタンまたは杉皮ぶきに、粗末な四分板で囲っただけの土間に、わずか床あげした二畳ぐらいの板の間があるだけだった。また土間には白砂が敷かれて、天井穴から光のさしこんでくる細い梁木《はりぎ》に、紐《ひも》がたれていた。紐は、妊婦が子を産み落す段になって、力綱として握りしめてしゃがみ、子を砂へ産み落すとみてよい。もっとも、砂の上にじかにころがせては新生児もかわいそうなのでボロ布または古ぶとんのようなものを敷いたらしい。とにかく、粗末な産小舎を眺めていると、現代のわれわれには、戦慄《せんりつ》をおぼえさせる寒々しさが感じられる。押しあげ式になった三尺窓が北面に一つ切りとられ、明りとりはそれしかなくて、もし陣痛時が昼だとすると、三尺窓から、嬰児《えいじ》の泣き声がしはじめる時は、すぐ眼下に咆哮《ほうこう》する海の荒くれた波音が伴奏していたか。雪雨の日でもあれば、鼠色の雲は重くたれこんで、怒り狂って波立つ海が、孤独な妊婦の眼にだって眺められたろう。残酷な風習といわねばならない。『古事類苑』などにも、

「他家《たか》と称して人家を隔て山側などに地板《じいた》もなき小茅舎《しょうぼうしゃ》をつくり、村ごとに数ヶ所あり、婦人月の事ある者、また臨産の婦人これに入る。其法経水の婦人は八、九日、産婦は五十余日」

とあるから、よほど以前から、この風習はあって、僻村の子らは、今では想像を絶する淋しい小舎に生誕したことがしのばれる。白崎浜のお峯を産んだたかは、つまり、夫源助とすむ山蔭の一軒家から、この産小舎にきて、十五日の別火でくらしたのち、産んでいるが、一月十九日だったというから、旧暦でももう与謝は冬だろう。牡丹雪が、うらにしい、い、い、風[*3]にのせられて、浜も山も白く染めていたやもしれぬ。

二

お峯は至極元気な子で、産声《うぶごえ》も高く、まるまる肥って、髪の毛は大人のように黒々とながく、耳を被っていたというから、村でも丈夫で評判だった母の血をうけていたか。たかは源助と「めおと舟」に乗って、海に出ててんぐさ、昆布をとるのをなりわいにしていたから、生れたての子を家に置いて働く日もあった。時には、子を舟にのせて、沖へ出た日もあった。

『遺芳』の筆者に、当人のお峯は、

「うらは小っちゃい時から海へ出ましてござりまするが、おっ母に背負われた思い出は何一つござりませんで、お父《ど》に背負われては道さ歩いた記憶と、舟さのせられて、日がな空ばかり眺めておったことを、おぼろげにおぼえております。たぶん三つか四つの時でござりましたろう、おっ母が、紫いろのおどろおどろした海へもぐって、なかなかにもどって来ませぬのを見て、お父にむかい、おっ母死んだ早よもどせ、と泣いたことがあったとか。一つ話のようにお父が語りきかしてござりますが、この当時、村の夫婦はみなめおと舟というて、妻がもぐり、お父がいのち綱をとる習慣でござりました。わけも知らぬ子ゆえ、おっ母がもぐったのを、行ってもどってこぬと悲しんで泣いたものでございましょうか。けんども、そのめおと舟に乗るのも馴《な》れてまいりますと、おっ母がもぐってはあがってくる姿を見るのがおもしろく、いまなお、おっ母がひっつめ髪をうしろに束《たば》ね、大ぶりの乳房を空へむけて、一つ深呼吸してから舟のへりに立つと、お父のひと声で飛び込み、尻《けつ》をこっちへみせたと見るまに、二本足の裏を、せわしく上下に動かしつつ蛙のように水底へ消えてゆくありさまが物悲しく思いだされます。息のながいおっ母は、どこの嬶《かか》さよりももぐる時間が長かったと申します。やがて、水底からお父の綱にしらせがきて、お父が綱をまきはじめると、いまさっき飛び込んだ場所とはちがって、とんでもない場所からうきあがってくるおっ母がおもしろく、また両手にいっぱいわかめ、てんぐさを抱いておるのでございます。この時、おっ母が、ぶるんと一つぬれ髪をゆさぶり、口から水を出すありさまも、おもしろうございましたが、お父がつき出す竿につかまって足ばたつかせ舟へよってくるのをみて子供心にほっと安心したものでございました。うらは、天気がわるうて、舟にはのせられず、家におれといわれた日は泣いてきかず、無理に押しこめられた日は日暮れまで浜へ出て、お父らの舟をさがしたものでございました。いまから思えば、蛙の子は蛙、うらが年とるまでてんぐさとりに精出しますのも、海で死んだおっ母の魂がのりうつっておったといわねばなりますまい。うらはてんぐさとりのたかの子、死ぬまで海にいたいと願うておりますす。母の眠っておりますす海がすぐそこにあるからでござりましょう」

「聞書」の筆者木暮又四郎に、お峯は、幼少期のことを語りつつも、父母の想い出をもかように話している。これでは、幼少時から、海にもぐることに馴れてゆく理屈である。

三

たかの死は、お峯が七歳の春であった。その日、たかは、隣村の袖志の孝太郎、貞七、なか、しま、ふみの五人と組をつくって若狭の沖までてんぐさとりに出て、シケにあって戻ってこなかったのである。つまり、たかは、荒海に呑まれたまま姿を消した。源助、お峯にしてみれば、天気のいい日に浜を出ていって、夕方、海がシケたので、帰ってこなくなったたかを、死んだとしているだけで、直《じか》にその死を見ていない。のちに、六人の遺骸が、常神半島の岩間と、大浦半島の成生《なりう》で発見されて、その土地の無縁墓に埋められているとわかったが、陸へもどって死んだわけでもないので、海へいったまま帰ってこなかったという印象が濃かったわけだろう。それだけに、母の死はあっけなく、かなしくもあったにちがいないが、海へもぐってくらす女たちが、海へ出ていったまま死んで帰らぬ身内のことを憶《おも》うのは救いでもあった。

「おっ母は、日がな海へ出ておりましたゆえに、海に沈んで帰ってこぬのはあたりまえで、京や大阪へ出て帰ってこぬ人のはなしよりは嬉しく、海で死んでくれたことで助かったのでござりました。うららのように、日がな海でくらす女には、海はいつでも死んでゆける国でござります。海の底には根の国があるとは、おっ母がよういうたことでござりましたので、その根の国で眠っておりますと思えば、やがてうららもまたそこへ逝《い》って死にます国ゆえに、救われる気がいたしました」

と、久しくからこの地方にいいつたえられた、常世《とこよ》の国が、「根の国」とよばれて、海の底に存在する信仰から、お峯は母の死をそのように憶うて安息している。しかし、男を舟において、女のみを海へもぐらせるてんぐさ獲りのこの風習は、いつからこの地方にあったのかわからないけれど、春先から秋末まで、てんぐさのとれる季節は、村の働き者はみな女たちであって、男は心なしくすんでみえたかもしれない。

女が海へもぐるのは、男より軀《からだ》が温かいからだと信じられていた。しかし、たかたちのように、荒れた海とも闘って遠征しなければならぬ日もあったから、村では十六歳から六十歳まで海へ出る資格をあたえ、幼少女と老女は禁じた。『遺芳』に誌されたお峯の記録によると、女たちは十六歳になるとナサシとよぶ貝起しのかねをもって海へもぐった。麻ぶくろをひねって縫ったスマ袋を腰につけ、頬かむりしただけの女たちは、腰布をまとっただけで、全裸にちかい。夫が舟をやり妻はもぐる。わかめ、てんぐさは、季節《しゅん》もあるゆえ、獲る日はきめられていて、朝方太鼓でしらされる。女たちは裸で浜へ走ってくる。クロウチまではしずず歩くが、そこをすぎれば早いもの勝ちだった。誰もが眼の色をかえて走る。この日は、葬式だけは別だが、どんな祝い事があっても、そっちのけである。子を産みかけている女も入った。中には海で産気づいて、わかめと一しょに子を腰巻につつんでもどってくる女もいたという。女がもぐり、男が舟をこぎ、老幼が干すというのが分担になっている。まだ、海中眼鏡がなかった時代なので、女たちは、眼がただれ、耳が鳴っていた。先ず、季節に在の浜のすべてのてんぐさ、わかめを獲ってしまうと、かますと弁当をもって山を越え、よそ村の海へもぐってゆく。てんぐさの相場があがって、ボロイ年まわりは、舟を仕立て、男二人、女四人の一組をつくって、遠く越前、若狭までゆく。

〈袖志のぬすっと舟が通るぞ〉

というのが若狭あたりの漁夫の合図だったようだ。潜水時間も長く、男に倍加して働く与謝の女は、誰もが黒々と潮焼けして、肥ってもいた。大女ながら猿のようにすばしこかったので恐れられた。舟に山もりのてんぐさ、わかめを積んで、日暮れの沖を在所さして漕ぐ男に加えて、女二人も漕ぐ三枚櫓《さんまいろ》は、矢のように走った、と若狭の人々は語り草にしている。お峯は、成人してからよく若狭へ、越前へも遠征して、そこらじゅうのてんぐさ、わかめを獲ったが、舟が宮津から大浦半島の鼻をまがって、遠く若狭の島々や岬が見えはじめると、死んだおっ母のことを思いおこした。常神半島は高い梅丈岳《ばいじょうがたけ》の北にのびたゆるやかな岬だが、そこの村の無縁墓で、長く眠っていた母のことを憶うて、母が雨の日にうたってくれた子守歌をその知らぬ地の山からきいた。

冬がいんで春がくりゃ
野原の村の男らは
竹ン先にヤチマタつけて
われらにてんぐさとらせてなるか
わめきたてておったがい
春がすぎて夏がくりゃ

田植えすまして袖志のあまは
経ヶ岬から舟出する
若狭も但馬も、いさざの浜も
みんなうららが漁場じゃわいな
うそというなら証拠をみしょか
うららが産んだは野原の子
野原の若い衆がエチ綱はって
よもや知らぬといえまいが
袖志のあまは大手さふって
海はうららが家じゃというた

四

てんぐさは周知のように寒天の原料である。収穫したものを浜で乾燥して保存しておくと、仲買人がきて貫目で買い上げる。主に京、大阪の業者へ送られる。深海の岩の肌に群生する植物なので、海藻の一種ともいえるが、丈高いものは人の背丈ほどある。多いところは、家の大きさほどもある、と思われる岩石へ、まるで森林のようにまぶりついて密生していた。しかし、これは海面からはみえない。見えるあたりは、浅い岩場なので丈も短い。丈が長くてよく肥えたのは上等品とされる。それで、海女《あま》たちは、なるべく深所の岩場をねらう。海面から見えない大森林に闘志を燃やす。お峯は十六歳になって、はじめて海へゆける許可の出た日、お父《ど》に舟を漕がせて、嘗て母がもぐっていた岩場へいった。そして、母が誰にも知らせずに、自分の得意場としていた岩場を発見して狂喜している。そこは源助すら見たことのない海の底であった。白崎の部落の谷ほど広くて、人の住む家のような、大岩がいくつもあった。岩と岩のあいまに、てんぐさは、村の明神森や阿弥陀の森のように枝を撓《たわ》ませ、はるか遠くへ密生してのびていた。他の女たちのように、舟をうごかさずに、一日に何貫もの大量のくさを収穫できた。お峯はこの得意場のことを母が残してくれた財産だといっている。

「根の国とは、人の死んで眠る常世《とこよ》の国のように思うておりましたが、なんのそこには死んだ人のおりますものか。生きた貝や魚やがいくつもの群落をなして、住む村々がござりました。また、うららが村のように、山もあり、谷もあり、川もあり、道もある、とおっ母が申しましたことを、はじめて知りました時は、胸が躍るような嬉しさでござりました。お父《ど》は舟の上でござりますれば、いっかなこの根の国の村のことは知りませぬ。うらは、お父にいわれて、そこへ最初もぐったのでござりますけんど、あんげにひろい村があって、美しいてんぐさの山がいくつもあるとは知りませなんだ。根の国はまこと美しく広くて、陸地では考えられぬほどの、大勢の生き物の住む天国でござります」

お峯の述懐は楽しい根の国を想像させる。知らぬ者にはぜひ一ど見てみたいと思わせる。もっとも、アクアラングなどといって、いまは酸素吸入器を背中にして、長時間海中へ没して、海底世界を見学することの出来る時代ゆえ、めずらしくはないにしても、明治初期から中期へかけては、この報告はかなり人々を驚かせたろう。『遺芳』の筆者も、

「お峯のいえる根の国は経ヶ岬の突端よりやや西へ三百米《メートル》漕ぎ出でたる岩場の北にあり。岩場はこのあたり殊更《ことさら》けわしく切りたち、空に三十米ばかり高くそそりたつ奇岩二つ、文殊、普賢岩といえり。かの岩を目当てにて、舟をその文殊と普賢のあいさにつけて漕ぎ出ずれば、すなわちその北に母が得意場とせしてんぐさの森に着くとなり」

「白崎が女たちは、六十にして海へ出ずるを禁じられしため、老いればすなわち次の代に自らが得意場のてんぐさ山を秘密に教えしが、たかは壮年期の事故死ゆえに、幼き子に教えゆずること能《あた》わざりしが、お峯はよく心得て、たかに教わらざりしにかかわらず、その地をさ

ぐりて、得意場を得たるは、類例のなきことにて、この女が、人より長《た》けて、てんぐさとりに長ずる所以《ゆえん》といえり。また、お峯は、てんぐさを岩より掻くに、クシの目になりたる『ムシリ』を使いしが、人より幅ひろきものを所有せり。すなわち、ムシリの幅ひろきは、重き故もぐるに困難なれど、いったん海底にゆきつきて、これを使いててんぐさをむしる時は、ふつうの倍の量を掻きとるを得たり。一ともぐり一と抱えといいしも、お峯は一ともぐり二抱えの収穫なり。村人らあきれたる『ちから女』といいしが、たかに似て六尺近い大女の、肩肉の張りて、手の男よりも大きかりしは『大ムシリ』を使いし故にて、この女を嫁にせば、一季節にて倉の建つ思いはしたれども、嫁にせんとする者はなく、婿《むこ》に来んとする者もなきは哀れなり。即ち、お峯は男知らずに二十《はた》歳《ち》をむかえ、一、二の村男の夜這《よば》いはうけて閨事《けいじ》は知りたるも、夫婦となりて、生活の伴侶となりたる男を知らざりし……」

『遺芳』の筆者の述懐は男運にめぐまれなかったお峯の、意外な性格を物語る。

五

ひとつは、六尺近い大女であった上に、誰より幅ひろのムシリを使えた力もちだから、嫁にしてかわいがりたいという女ではなかったのだろう。荒くれた海の男といっても、舟でいのち綱をとり、女がもぐりから上ってくれば竿さしだしてやる役目の男には力はいらない。そういう男たちが、嫁として迎えたい女は、やはり自分の力とつりあいのとれた体格や性情を望むのは常識であって、大女のお峯には、その働きと収入は魅力であっても、男と女が睦《むつ》みあう世界は陸の家でのことである、敬遠されたこともわからないではない。しかし、お峯とて、年ごろになれば、男を求めたい情は自ずから芽生えていた。祭りや盆がくれば、踊りのある観音堂広場の、暗がりにひそんで男のくるのを待ったが、友達はみな、それぞれカップルをえらんで、裏山や桑畑へ入って抱きあう。お峯は誘ってくれる男がないので淋しく羨《うらや》ましくみていた。たかの死後、海しごとは勿論《もちろん》ながら、家に帰れば、食事洗濯一切をやりとげた七歳からのお峯は、父親の源助には、いってみれば女房がわりといってよく、この娘を外に出すわけにもゆかない。したがって、お峯を好いてくれて、婿《むこい》入りしてくる男を待つしかなかったわけだが、二十をすぎて話はなく、大女なりに目立つ乳房も、うしろへとび出た大尻も、死んだ母親そっくりの偉丈夫さで、心楽しくみつめはするが、村の男衆にはそれも魅力でもなかったか。二十一歳の冬であった。鉄砲もちの仲間に加わって、源助が一日山へ入って夕方帰ってくると、炉火のもえた家で男の声がしたので、誰か自分の留守をねらって、お峯を口説きにきた男かと、内心うれしく、山で凍えた軀をそのまま家へ入れず、外から雪にまぶれながら、うかがっていると、まさしく、それは白崎の地蔵谷の松蔵といい、石灰山で働く石工だった。

「われの味をいっぺん味おうてみたい思うてきてみたが、そんげに股さきつうしめて、熊みてエにうめいては、おれらのせっかくおったったものがちぢかむがなえ。女は女らしゅう、もうちっとはずかしげに股さ力ぬいて、おらさ迎え入れるようにしんけりゃ、こんげな大谷ではなあ、熊が住むようなあんばいだわな。おら魂消《たまげ》たわの、こんどくる時や、おみゃ、もちっとやさししてけれ」

松蔵は、そんなことばを投げつけるようにいい、暗くなった土間を這って深靴をさがすのか手間どっている様子だったが、そのうしろへ、お峯が、

「あんた、そんげなこといわねで、また来ての」

と父親がまだきいたこともない泣きすするような女らしい声でおっかけいうのがきこえた。

源助は娘に哀れをおぼえたと同時に、娘は石工の松蔵に惚《ほ》れているな、と思い、松蔵の走り去ったあと、すぐは気がひけたので、少し間をとってから家へ入ると、お峯はふだんの顔を少しかげらせているだけで、べつだん変ったふうでもなかった。居間から、敷居一つへだて、

万年床の座敷はみえたが、そこにいままで男が寝ていたけはいはないのだった。やはり、松蔵は炉火にあたりにきて、急に挑み、お峯の力ずくの抵抗に負けて退散したかと思われる。

「誰か来とったようや、足跡があったぞ」

と外を見やって訊《き》くと、

「松蔵さんがな……火ィあたりにきた」

とお峯はいった。

「何用があって来たんな」

源助は、さしのぞくように娘のよこ顔をみると、この時、お峯は、

「お父《ど》、おら、松蔵さんを婿にほしいだわ、おめ、あの人をもろうてけれ」

といった。源助はびっくりして、

「けんど、あれは山で石をとっておるだから、舟は出せねぞ。舟を出せね男を家に入れててんぐさはとれねぞ」

といった。すると、お峯は、

「おら、あの人が好きだ。もし、おらとこへきてくれたら、舟ぐれえは教える」

といった。源助は、その通りだと思って、自分もまだ息災だから、石灰山の男でも、もし

婿にくれれば、舟出しくらいは教えられよう、女房がもぐる綱ぐらいはとれるはずだと思案して、さっそくその翌日、地蔵谷の松蔵の家にゆき、親たちにもあい、本人に頼んでみたが、松蔵は、

「おらわるいけんども、お父《ど》、その気はねえだ」

とことわった。源助は内心むっとし、

「ほなら、おめは何で、おらとこへ夜這いにきた」

とどなると、松蔵は、

「夜這いにいったとて、どこがわるいか。夜這い男のこねよな娘をもつ親は不幸だわな。お父《ど》、おめの娘は、ありゃ熊女だ。おら、もちっとやさしい女だと思うて行っちみたけんど、力ずくで土間へ放りとばされただわ」

笑うでもなく、必死にいう松蔵の、憤然とした眼つきをみていて、源助は立ちむかう気力がぬけた。

「そうかいの。おめのいうとおりかもしれんの」

と落胆して帰っている。この話は、『遺芳』に記録されている事柄をそのままここに述べたわけではない。『遺芳』に簡記されてある男運のうすかったお峯に、一、二どの夜這いの客は

あっても、それから恋の花が咲いて、婿入り話にまで話がすすんでくるということのなかった事情を、作者が想像してみたのである。夜這いは、このあたりの、冬の夜長では常習されたことであって、生娘《きむすめ》でも、後家でも、火を焚《た》いて、男のくるのを待った、と『遺芳』はのべている。

「与謝は雪ふかきなり。一月より三月まで根雪はとけず、村なかに熊、猪《いのしし》の出没するも珍しからず、狐も狸も、宮の森より出でて人家の戸をたたけり。されば、夜ふければ、人はみな大戸をしめて部屋におりしも、男はみな出稼ぎに出でしにより、女世帯の留守は寂寥《せきりょう》をきわめるなり。出稼ぎは、灘五郷《なだごごう》の酒造りを主とせしも、残りし男らは山に入りて兎、猪をとり、宮津、間人《たいざ》に売りて現金収入となす。出稼ぎの留守をねらいて、山男らの夜這いを楽しむも歓楽の一つなり。夜這いにあわざりし娘らは縁うすき者とて孤閨を嘆けり」

六

お峯に男運のなかった理由は、だいたいわかるとしても、二十代から三十代後半にかけての、女ざかりには、石灰山の松蔵をはしりとして、村男の二、三がやはり、時々の無聊《ぶりょう》をもてあまして、お峯を襲った夜もあった由だから、お峯がまったくの石女で男を知らずに過したとはいいきれない。源助もまた、お峯に男を求める気持のあるのはよく知っていたから、誰かれといわずに、気がむけば夜這いにきてくれることを望んでいたところがあって、冬になれば、源助はなるべく家におらぬようにつとめ、猟師仲間に加わって、熊、猪を求めて山でくらした。そして留守にきた男はあっても、どういうわけか、男たちに、お峯を長く抱いて、ともに暮したいとする気がないとみえ、男は、年々変ってゆくのが悲しかった。そのことについて、お峯は六十すぎてからの述懐だが、多少の劣等感もほのみせながら、

「うらは大女ゆえに、男らは毛ごわと申し、一どは寝ますれど、二ど三どとつづく人は少のうござりました。うらはべつに人のいう如く、毛ごわでもござりませなんだ。髪も脇の下もふつうにて、松蔵がいいふらしましたる針金ごと毛しよるとは嘘のことにてござりまして、大柄でござりまする故、股もまた人の腹ほど肥っておりましたれど、さように毛の森におもえることもござりませなんだ。人はよからぬ噂を楽しんでよろこぶものにござります。熊女とてうらをよびならし、うらもまた、自然と、そのように熊に似た女かと、うらめしく、大女に生んでくれた母を時には恨んだこともござりましたれど、それ故にまた冬場がすぎて春のくるのは待ち遠しく、てんぐさ解禁ともなりますれば、海はうらが母親の里にて、にこやか

に迎えてくれるのでござりました。根の国はそれ故に、うららには嬉しく、うららが、誰よりも息ながくもぐれましたは、てんぐさの赤い森、わかめの黒い林、昆布の渦巻く岩場の谷、さては、岩々の深穴にもぐりますれば、名も知らぬ美しい貝魚どもが、男と女のようにつながって、ある魚はまた腹ふくらまし、産卵をなしまする光景を、まるで人の世のごと見るのでござります。人の世とちがいまする点は、根の国の生き物をいいませず、ただ、生き生きと、黙って泳ぎ、あそび、あそんだあとは眠りこけるのでござりました。うららは日がな海にもぐり、死にたる母も、この海のどこかで眠りおるとしますれば、誰にいいようもない楽しみで、陸の人のいさかい、人の悪口、噂ばかりしおうて、あさましく生きる姿は好ましくなく、ひとり海の世界を、この世の浄土と思いましてござります。さて、村の菩提寺にゆけば、和尚さまの、施餓鬼《せがき》たんびに説きなさる法話は、この世はかなしきこと、つらきこと多きが故に地獄と申し、それゆえ人は極楽を願うものなれば、念仏して、西方の山上に陽の沈む頃、阿弥陀の姿を拝せよ、と申されてござりまするが、うららには、陸の世界は地獄とみえますけれども、山はけものの走る西も東も、おそろしき谷に思え、人の霊の眠る浄土は、海底の根の国にちがいないと思われてござります。死ぬるならば、おっ母のように、海で死にたいと思いつめておりましたが、うららはシケにおうても死にもせず、この年まで息災に生きのびましてございます」

　お峯が述懐の中の、根の国の美しい世界は心をうつ話である。遠い若狭の沖で死んだ母の眠る海底と思えば、かように、海底は浄土に思えたとみえるが、菩提寺の和尚の説く山上浄土論に比べて、働きながら見る世界がそのまま浄土であるといったことばの意味はふかい。いいおくれたが、お峯は学校へはいっていない。当時、明治初期は、天下万民に学問をすすめる制度がゆきわたり、福沢諭吉が「天は人の上に人をつくらず」といい、貧富の差なく、最寄《もよ》りの寺子屋、もしくは小学校へ通うことが義務づけられていた。にかかわらず、お峯は、菩提寺の寺子屋に、一年ほど通って、読み書きを習ったが、母が早逝して、母の仕事をしなければならなかったので、人なみに卒業はせず、したがって、一年間習った学問もすっかり忘れて、字も書けず、ソロバンも出来なかった。いわゆる無学であった。だが、海へもぐって、てんぐさを収穫することだけは人より秀《ひい》でて、一日に百数十貫のてんぐさ、わかめを収穫して、仲買人に渡した記録は、今日も残っている。女手一つで、一日に百貫以上のてんぐさを収穫することはめったにないことで、語り草になったのである。

「お峯は、おっ母の得意場をもっておるでの」

　と人々はいった。だが、お峯が得意場とする文殊、普賢の二つ岩の合間の、深い淵の底へもぐりこんだ女はいない。他人の得意場へ忍び入ることは、不文律の掟《おきて》として禁じられていたこともあるが、かりに男たちが、組んでそこへ舟を漕いだとしても、お峯にあとで知れて報復される恐ろしさを思うと、敬遠したものと思われる。お峯がかよわいやさ女だったら、源助が死んでから、得意場を襲う輩《やから》も出てよさそうなものだが、誰ひとり近寄らなかった。陸は地獄で、海底は極楽とは、この意味からもうなずけもするが、しかし、お峯が人に語った根の国への憧憬には、『遺芳』の筆者も、筆をきわめて讃嘆し、

「げに、お峯は海の子なり。産小舎に呱々《ここ》の声をあげし時より海を見つめしなり。源助、お峯が三十九歳の時に、心臓脚気《かつけ》にて倒れ、約二年病臥《びょうが》せし後逝きしが、お峯は村の習慣にて三昧谷に葬りしも、お父《ど》は海のみえる墓に埋めんといいて、白崎が西の端《はな》の自作畑の隅に、母が石塔とならべて祭りしもむべなり。この地いま、六体地蔵もありて、共同墓地となりたるは、お峯がはじめし海の見える墓なればなり。海に出でて働く人の墓なる故に、海の見える地に眠りたるは、軀は地に埋まりても魂は海に還るなりとお峯のいいしもむべなり。根の国はお峯が故郷なりとぞ」

といっている。お峯のこの透徹した独自の死生観は、いま、この当時、この国の教育界の大御所として、国民の指導をなしたといわれる福沢諭吉の、

「今日本にて貴賤上下の差別あるやうなれども其実は政府の命にて四民の別を立て人種を分ちたることとなし（中略）貧人も富人も政府の命に由て貧富たるに非《あら》ず役人の門も金持の門も開放して誰にも其仲間に這入り更に差支あることとなし（中略）貧富は順番面白き世の中にあらずや石室に住居して馬車に乗りたくば智恵分別を出して銭を取る可《べ》し富貴の門に閂《かんぬき》はなきものぞ門もなき其門へ這入ることを得ざる者は必ず手前に無学文盲と云ふ門ありて自ら貧乏の門を鎖《とざ》し自分の勝手にて娑婆《しゃば》の地獄に安んずるなり若《も》しもこの地獄を地獄と思はゞ一日も早く無学文盲の門を破る可きものなり」

とある内容と重なる。

この有名な『農に告るの文』は明治七年に発表されたものである。これによると、「天は人の上に人をつくらず」誰もが平等であるはずの人の世界に、貧富の差はあって、富人は石造りの家に住んで馬車に乗ってくらせたけれども、貧民は、地獄の如き苦悩を背負うてくらしていた様子である。石造りの門にすむことが極楽であり、貧地で無学で育つことが地獄だと、福沢は暗にのべて、その地獄より這い上ろうとすれば、教育をうけ、智識を得なければならぬといった。智識人になれば、極楽の門へ入れる、すなわち富者の門には閂はない、努力次第だと、貧民にも大いに励めと諭《さと》した様子だが、果して、その極楽とやらが富める人々の石造りの門内にあって、蓮華の花が季節をとわず咲きさかり、人々はみな和気にみちて暮していたかどうか。夜這いも、嫁盗みも、後家荒しも、人妻襲いもなかったかどうか。人を殺したと噂される人が大臣の要職にあった時代でもある。また、国会は乱闘にあけくれ、歴代総理は兇弾に倒れていた。極楽も思いようだが、石造りの門にいくら閂はないといっても、智識を得なかった庶民のなかに、それでは真の極楽を摑《つか》んだ人がいなかったかといわれればそうでもあるまい。

お峯が『遺芳』の筆者に語った根の国極楽の話は、無学文盲の説として切り捨てるわけにゆかない。『貧富智愚の説』を説いた福沢諭吉は、日本海辺の遠い孤島のような浜で、六十歳まで海にもぐってくらした無智な女の、辿《たど》りえた極楽を、どう解するだろうか。問うてみたいが詮《せん》のない話である。

お峯は七十二歳の高齢で白崎浜の家でしずかに死んだが、秋の一日、縁先に出ていて、うらにし風のかげんで、海にちりめん皺《じわ》が起きるのを眺めながら、急に倒れ、隣家の者が起すともう物をいわなかった。それで遺言はなかったが、かねてからいいくらしたことばをおぼえていた村人が、海の見える自作畑の隅の、父母の墓のわきに埋めた。

＊1　赤紫色の海藻。寒天やところてんの原料。＊2　「袖志の海女」は、江戸時代前期から昭和前期にかけて丹後半島沿岸部で潜水による海藻採集を行っていた。＊3　丹後半島の先端、経ヶ岬付近の海岸にそって秋から冬にかけて発生する西の風。

〔解説〕

民話作家・水上勉

正津 勉

水上勉は、若狭を愛することひたすら、若狭を語ってやまなかった。なにしろその若年の日に水上若狭男の筆名を使っておいでだ。そして年経ては一九八五（昭和六〇）年、六十六歳、「若州一滴文庫」を開設するにいたるなど。故郷への関心を深めること、若狭を舞台とする作品や随想を生涯、旺盛に数多く問うてきた。

まずは、『霧と影』（河出書房　一九五九）である。水上勉、四十歳の社会派推理小説の出世作。本作の舞台が、若狭は大飯《おおい》郡高浜町、音海《おとみ》大断崖と、青葉山だ。音海大断崖は、関西電力高浜原発が立つ内浦半島の先端部、日本海の荒波が打ち寄せる東尋坊をも凌《しの》ぐ奇勝。水上は、その絶壁を仰ぎみて、作品の着想をえた。青葉山は、半島の南西、福井県と京都府の境に位置する、別名・若狭富士。遠望するにじつに優美なおもむきだ。だがその外観とべつに、谷の襞に奇岩怪石が剝き出し、深く樹海が広がる。

物語は、この山中の深くで「陸稲《おかぼ》と芋を作り、炭焼きを業として……外界から杜絶《とぜつ》され、自給自足の生活をしていた」戸数四戸、住人十二人の小集落「猿谷郷《さるやごう》」を中心に展開される。

ときに本作は「推理小説の骨組みを借りて」「宿命に呪《のろ》われた人間の呻《うめ》き……宿命からのがれよう

としながらもついにのがれることのできない人間の業《ごう》の深さ」「呪われた土地、さらに呪われた人々の業まで彷彿とさせる点で、描写をこえて象徴の域にまで達している」（『霧と影』新潮文庫「解説」篠田一士）と評価された。

つぎに、直木賞受賞作『雁の寺』（文藝春秋　一九六一）、である。人減らしのため京都の寺に出される主人公の少年の生い立ちを暗く隈取る若狭。つづき『越前竹人形』（中央公論社　一九六三）、『越後つついし親不知』（光風社　一九六三）、『釈迦浜心中』（新潮社　一九七三）、『はなれ瞽女おりん』（新潮社　一九七五）をはじめ、若狭また北陸の風土を背景にした作品を陸続と発表するにいたる。

さらには昭和五〇年代に差し掛かって自伝的作品に取り組むことに。少年期を送った若狭の記憶をもとに「太市」、「千太郎」、また戦時中、青葉山山麓は大飯郡青郷国民学校高野分校助教としての生活を綴った「リヤカーを曳いて」、ほかにまた長篇『椎の木の暦』（中央公論社　一九八〇）など多くの作をものする。

なおこれらの諸作に登場する人物たちをして「最後には自然のなかに、永遠の慰めのようにおいている」とみること。はてはそこにわが国の民俗学の祖、柳田國男の考える常民（柳田が英語のfolk、ないしcommonに該当する層として広めた語彙）の生きる姿にかさねる評もうかがえる（『寺泊・わが風車』新潮文庫「解説」饗庭孝男）。

在所・若狭。まさにここは魂の在り所であるあかし。水上勉は、ながらくこの地に生き死にする人と自然の織り成すさまを描きつづけてきた。じつにその触手のおよぶところ、地誌、文化、仏教、歴史、などなど多岐にわたっている。ついてはここにこの一著をもって編者はいま一つの顔というか側面をあらたに強調するものである。

　それは、民話作家・水上勉、である。「おんどろどん」、まずこの第一作目であるが、これがそもそも柳田と並ぶ民俗学の雄・折口信夫門下の国文学者池田弥三郎の勧めで成った稿であるとのこと。「私は民俗学にはまったく無案内だけれど、歴史を実証する学問として、この意味で、もっとも高等なものだとする憶いがある」（『若狭幻想』「あとがき」福武書店　一九八二）として綴っている。「私は、いま、故郷の暦をもう一どくり直したい思いにかられている」と。

　一九一九（大正八）年、大飯郡本郷村字岡田（現、おおい町岡田）に水上勉出生。まわりの大人は明治の人間ばかり。なんともなかには開国以前生まれの老爺老婆がおられたときく。ひどく狭隘な産《うぶ》土《すな》の谷で幾代にもわたり、路傍や作業の合間に、そんな爺婆らが語り継いできた話のくさぐさ。「みん‐わ【民話】民衆の中から生まれ伝承されてきた説話。民譚《みんたん》」（広辞苑）。若狭は、奈良や京の都より古く、海を越え、異人が往き来し、珍しい文物が持たらされた。それだけに来訪神や異界譚にまつわる昔話や伝説やはたまた説教節や世間噺がさかえた。いうならばそこは民話の宝庫でこそあったこと。

　水上勉にとってそれこそ、生まれおちてこのかた聴かされつづけてきた話のあれやこれやらが、創作のもととなった。すなわち「故郷の暦をもう一どくり直」すことが。

するうちやがてこの試みが呼び水となり筆の滑りを進めたものなのだろう。実際、ずばり民話と表題にする『鬼のやま水　現代民話集』（小学館　一九八二）、『現代民話』（平凡社　一九八八）の二著。それよりさき民話に材をとったエッセイ・紀行文集『雁帰る』（徳間書店　一九六七）ほかがあるのだ。

それにまたそこに童話も戯曲もくわえていいか。たとえば『蛙よ木からおりてこい』（新潮少年文庫　一九七二／改題『ブンナよ、木からおりてこい』三蛙房　一九八〇）、『釈迦内柩唄』（若州一滴文庫　一九八七）などなど。これらもよく習俗や説話に根差し構想されている。

＊

「おんどろどん」

「生まれて間もなく……わが耳にきこえたこの世の最初の音は、「おんどろどん」という得体のしれぬものであった」「遠くで太鼓がなるような、それでいて、どこやらに、地面の底から這いつたわってくるような恐ろしい音」。

水上勉、幼い日に夜な夜な聴いた。鼓膜に終生こびりつきはなれぬ、暗く荒れる日本海の空の下、在所は若狭のしじまのざわめき。

「私の生家は、村でも乞食谷《こじきだん》と人がよんだ谷の上にあった」「そこはけこあんという埋葬地に近く、家のうらにすぐ谷が暗い口をあけていて、奥は昼でも暗かった」。

「おんどろどん」、その谷の奥から届いて来る怪しい「おんどろどん」。やまない音に怖れ泣き母の乳房に縋りついた。そのときをもって後年の民話作家・水上勉の誕生をみていいだろう。

「釈迦浜」

現在は海水浴で人気の高浜町は和田の釈迦浜。その周りには荒波が打ちつける厳しい断崖がつづく。あたりの海の深いところは、それは大きな穴になっていて、なんと欣求浄土《ごんぐじょうど》の地とされる「長野の善光寺の戒壇下まで通じとる」という。またそこらの浜の岩はというと、みるところ激しい風雪波濤《はとう》に削られて、どことなく仏の顔をうかがわせる。羅漢、観音、釈迦牟尼仏……。「おんどろどん」の音はそこからもとどろく。

「私の生れた岡田部落はこの釈迦浜の裏側にあったから、じつは、生家の藁《わら》屋根をゆるがせる荒波の音は、外海の波が、釈迦浜を洗う音だったのである」「その音は、善光寺へ詣る道からきこえてくる人ごえのような気がした」。

「たそ彼れの妖怪たち」

「たそ彼れ」は、誰そ彼。一般には「黄昏」という漢字をあてる。柳田國男「かはたれ時」の一節にある。

「黄昏を雀色時《すずめいろどき》といふことは、誰が言ひ始めたか知らぬが、日本人で無ければこしらへられぬ新語であつた」『柳田國男集　幽冥談　文豪怪談傑作選』（ちくま文庫）。雀の羽根の色を言葉で表そう際におぼえる曖昧な感じの夕方。「タソガレは『誰そ彼』であり、カハタレは『彼は誰』であつた」と。これは「もとは化け物に対する警戒の意を含んでいた」もので、人の顔も判別し難い時分をいう。このときをまって妖怪たちが跳梁《ちょうりょう》するとされている。

川遊びで「があたろ（河童）」に尻を喰われて溺死した長蔵の話。川だけでない、村のどこにも、いっぱい妖怪たちがいた。「けつね塚には狐が、馬の背には子ォとり婆が、くろかの奥には子ォとり爺ィが、……」。そのうち勉坊やの兄がなんと、赤目の爺ィに「来い来い、と手招き」されたとか。洞窟から大鍋で子を煮る煙が上がるとか。けつね塚の狐に坊主にされるトラゾウとか……。「妖怪どもは、ごく身近かな人の顔をして、声をかけるような気がした。それが、わが在所の黄昏であった」「田舎の民話をきいたり、したりしていると、私は田舎の土で眠っている人びとの中へ入りこんでいく自分を意識する」。

勉坊はというと、そんなふうに夕に「妖怪たち」に囲まれふるえ、寝入ったのである。

＊

「しゃかしゃか」

「毎年二月十五日がくると、「しゃかしゃかが来た」という」。この日、朝早く勉坊ら子供たちが村の家々の戸口で「しゃかァしゃかァ　鳥の糞《くそ》ッ」と叫んで、菓子を貰い歩く。これは関東や東北にみられる農村の小正月の行事「鳥追い」に近いか。子供たちが鳥追い歌をうたい、鳥追い棒なる杓子や棒などで鳥を追うしぐさをして家々を回り、菓子を手にする。いまふうならハロウィンとなろうか。

部落から一軒だけ離れている木挽《こび》きの忠兵衛の家の戸口。白髪ばさばさの婆ァがにゅっと顔をだす。

「誰やァ、どこの子やァ」「六左のつとむやァ」「お前、こんな遠いとこを来てくれてまあ、さあ、仰山やるぞ。みんな持ってゆけやァ」。

ところで「わが在所のこの行事は、若狭一円のどの集落へいっても見かけることはなかった」という。しかし研究者によると、かつて佐分利谷の久保集落でも行われていたとか。また上中町（現、若狭町）上野木《かみのぎ》において「おしゃかのすすめ」という行事があったという（参照・金田久璋『あどうがたり』福井新聞社　二〇〇七）。

「阿弥陀の前」

八月十四日のお盆、子供たちはたいまつを土手で振り回す虫送り（田畑の虫を駆除する祭り）のあと、阿弥陀堂のお堂の中に入りこむ。そしてその前を囲んだ大人たちと遣り取りをする。

「阿弥陀の前になにやら光る。ごぜの目が光る」と、子供。「兄嫁ごぜの目が光る」と、老人。それは村に流れ来て阿弥陀堂に寝泊まりした盲目の旅芸人、瞽女《ごぜ》の光る目のこと。ここから話の穂は瞽女と村の極道者の権造の夜這い譚とうつり、はてはのちの名作『はなれ瞽女おりん』につながってゆく。

「幼少年時の冬春に、眼のつぶれた女が、三、四人つれだって荷を背負い、三味線を手にして、これも半眼つぶれた手びき女に導かれて、村へきたのを憶《おぼ》えている」「彼女たちは、村へくると、はずれの阿弥陀《あみだ》堂といって、わが部落では葬式の時にしかつかわない破れた古堂に泊り、一夜あけると、六十三戸の家々を門付《かどづ》けして廻った」（『はなれ瞽女おりん』）。

いまも阿弥陀堂はあり、かたわらに、おりん供養塔がある。

「桑子」

「桑子《くわご》」は、その昔、ひっそりと人に知られず村で行われていた、「まびき」の話。かつて困窮した村でひそかに行われていた食糧難解消の「口減らし」のための嬰児殺し。

「貧しい家は、子だくさんでは生きてゆけない。だから三男、四男がうまれると、これを捨てたものだ。つまり、臍《へそ》の緒が切れてまなしに、母親からひきはなして、桑畑の中へ捨てにゆくのである」。

赤子を捨てにゆくのは爺婆の勤め。やがて爺婆は足腰たたなくなるようになる。すると青葉山の松尾寺に詣っておこもりするのだ。そして捨てた子の怨霊をはらい、さらに背に負った宿業をつぐなう、ために み仏の前に土下座しひれ伏すことに……。

「まいまいこんこ」

「桑子」は、子殺しの話であるが、本作では姥《うば》捨てを扱っている。やはり「口減らし」が目的で年老いて働けなくなった老人を山に遺棄したこと。ここには幼い勉坊を温かくお守した二人の祖母が出てくる。ともに貧しく「村あるき」と呼ばれる部落の小使いをして歩いた。

一人は、母方の祖母、文左のお婆もん。勉坊は七歳までもん婆に育てられる。しかしこの婆さんが哀しいのである。昭和二十三年、八十五歳、当地を襲った暴風雨で不幸な死を迎える。

一人は、父方の祖母、六左のお婆いし。婆さんは盲目だった。勉坊を背負い、「お婆、……、まん中に馬の糞があるぞ……」と、背中の声に従い家々をふれ歩いた。このいし婆の死も切なかった。

「まいまいこんこ」とは、ぐるぐる回ること。葬《とむらい》の当の日、婆の遺体を納めた棺は、墓穴の周りをぐるぐると三回りして葬られた……。

村から出て行った者の、誰もが必ず村へと帰る。『波影』（文藝春秋　一九六四）に、「まいまいこんこ」が哀感をもって描写されている。

＊

「とりとり彦吉」

『丹後若狭草民宝鑑』という本に、「とりとり彦吉」の話が出てくる」とある。以下、四作のうち三作は、ともにこの『宝鑑』が留める明治末から大正初めにかけて「人物誌」という形をとっている（「てんぐさお峯」は『丹後漁民遺芳』なる本としている）。じつはこの『宝鑑』であるが、そのさき長篇『一休』（中央公論社　一九七五）において元禄年間の刊行物を元に書かれたとする『一休和尚行実譜』なる創作文書を軸にその行実を綴るという手法を使ったもの。『城』（文藝春秋　一九六六）では堀口伝右衛門という人物の残した『拾椎実記』、『蓑笠の人』（文藝春秋　一九六三）では『越佐草民宝鑑』、というさもありそうな文書を下敷きにしたのとおなじに。

辺境に生をうけ、名も知られることもなく生きる人々のなりわい。それは人に知られず花を咲かせて実を結ぶ野の草々に似ている。頑固に風土に根ざした聞き書き。いわば草民記である。

彦吉は、寺子屋に学ばず、父彦左とともに、鳥獲りに精を出す。鉄砲は使わず、伝来の「くぐつ」と呼ぶ罠や、「はご」と称する鳥もちで、名人芸の域にたっする。生涯独身で無学文盲。貧乏を苦にせず一つの道を究める姿は痛快である。

「鯉とり文左」

文左は鯉とりの名人。このように『宝鑑』にみえる。「文左は鯉に好かれたる男なりといえり。……。文左人に語りていう。われは鯉の泣くもわろうも聞きわけることを得たり。鯉らわれにかかれば、みな快く成仏せりと」。鯉だけでない、鰻も鮎も多く、獲ることったら。いやこの獲り方が自然の理に叶って巧妙で舌を巻かされる。それこそ父文五郎ゆずりの捕獲法なること。さきの「とりとり彦吉」とおなじ、すなわち正しく一子相伝の技である。

ときに世は大正末年、富国強兵が叫ばれる。銅山開発のために「得意場《とくいば》」の川水が汚染される佐分利川（おおい町の川上付近の支流を集め、中央部を東流して、小浜湾に流入する）の「赤川騒動」。文左は村民らと一緒に竹槍を持って鉱山事務所に押しかける……。

「穴掘り又助」

さきに若狭は多く土葬だった。土葬では、遺体を棺に入れて埋葬する。又助は、「穴を掘って棺をうめて土まんじゅう」をつくる、奇特な男だ。村外れの「仏谷《ほとけだに》」（さんまい谷）と呼ばれる墓地。又助の家は仏谷の近く。日当たりに恵まれぬ一画。瘠せた地ながら又助の父和助はその死に際にいう。「ここはええ谷じゃ。仏のいなさる谷じゃからの」と。

又助が穴掘りに目覚めるのは、父の遺体を埋めたときから。又助の「弔《とむら》い」が丁寧だ。父がこのときにと残しておいた材木を使って棺をつくる。愛用の仕事道具を棺に添える。一張羅《いっちょうら》の麻織の法《はっ》被《ぴ》を着せ、髭を剃り髪も落とし、合掌させて棺に納める。そして和助の母が埋まる古穴を掘り返し埋める。「母の眠っている穴へ入ったなら、母に抱かれて眠ったような気がした」と。「おらが穴掘りをよろこんでひきうけましたのは、人の生の果てましたことのかなしみにござります」。又助、生涯かけて、穴掘り一途、天職とした。

「てんぐさお峯」

てんぐさ（天草）は、寒天の原料となる海藻。てんぐさとりは、海女《あま》の仕事。お峯は、若狭の西方は丹後半島の袖志《そでし》の者。袖志の海女漁は、幕末から明治・大正にかけ「テングサトリの唄」に歌われるほど名を馳せたものである。海に県境は無い。若狭の漁夫らはよくその舟影に舌打ちさせられた。「袖志のぬすっと舟が通るぞ」と。

母も、海の女。七歳の春、若狭の沖でシケに遭って、亡くなる。お峯は、小学校を一年で辞め、海に出る。母に似て六尺近い「ちから女」で、クシの目の大きい「大ムシリ」を使い、「一ともぐりで二抱えの収穫」を得る名手。「一日に百数十貫のてんぐさ、わかめを収穫して、仲買人に渡した記録は、今日も残っている」と。男勝りで男縁と遠い大女お峯。「死にたる母も、この海のどこかで眠りおるとしますれば、……、ひとり海の世界を、この世の浄土と思いましてござります」と語る。

そのしまい「天は人の上に人をつくらず」と説いた福沢諭吉に問うていう。「日本海辺の遠い孤島のような浜で、六十歳まで海にもぐってくらした無智な女の、辿《たど》りえた極楽を、どう解するだろうか」

以上、いうならば四作ともに無学の草民の伝記をたどった民話。たとえばつぎにみる歌にうたわれるような。

儚《はかな》き此の世を過ぐすとて、海山稼ぐとせし程に、万《よろず》の仏に疎まれて、後生我が身を如何にせん

『梁塵秘抄』（二四〇番）

ここに「万の仏に疎まれて」という。つまるところ殺生を職業としなければならない。海に漁る民、山に狩る民。さらには墓の穴を掘る民を描くものだ。

水上勉は、ひるがえってみれば、それらの身に優しく寄り添ってその嘆きと歓びように、およんでいるのである。

[出典一覧]

I

おんどろどん

『水上勉全集　第二十一巻』中央公論社　一九七八年、『若狭幻想』福武書店　一九八二年（のち福武文庫　一九八六年）、『日本の風景を歩く　若狭』河出書房新社　二〇〇〇年

釈迦浜

『雁帰る』徳間書店　一九六七年、『水上勉全集　第二十一巻』中央公論社　一九七八年、『若狭幻想』福武書店　一九八二年（のち福武文庫　一九八六年）、『日本の風景を歩く　若狭』河出書房新社　二〇〇〇年

たそ彼れの妖怪たち

『日本の民話　第6巻』「土着の信仰　私の民話論」角川書店　一九七三年（のち角川文庫　一九八一年）、『たそ彼れの妖怪たち』幻戯書房　二〇〇三年

II

しゃかしゃか

『はなれ瞽女おりん』新潮社　一九七五年（のち新潮文庫　一九八〇年）、『水上勉全集　第二十一巻』中央公論社　一九七八年、『若狭幻想』福武書店　一九八二年（のち福武文庫　一九八六年）

阿弥陀の前

『はなれ瞽女おりん』新潮社　一九七五年（のち新潮文庫　一九八〇年）、『水上勉全集　第二十一巻』中

央公論社　一九七八年、『若狭幻想』福武書店　一九八二年（のち福武文庫　一九八六年）

桑子

『雁帰る』徳間書店　一九六七年、『水上勉全集　第二十一巻』中央公論社　一九七八年、『若狭幻想』福武書店　一九八二年（のち福武文庫　一九八六年）

まいまいこんこ

『雁帰る』徳間書店　一九六七年、『水上勉全集　第二十一巻』中央公論社　一九七八年、『若狭幻想』福武書店　一九八二年（のち福武文庫　一九八六年）

Ⅲ

とりとり彦吉

『てんぐさお峯　草民記㈠』中央公論社　一九七九年（のち『てんぐさお峯』中公文庫　一九八四年）

鯉とり文左

『はなれ瞽女おりん』新潮社　一九七五年（のち新潮文庫　一九八〇年）、『てんぐさお峰　草民記㈠』中央公論社　一九七九年（のち『てんぐさお峯』中公文庫　一九八四年）、『新編　水上勉全集　第四巻』中央公論社　一九九六年

穴掘り又助

『てんぐさお峯　草民記㈠』中央公論社　一九七九年（のち『てんぐさお峯』中公文庫　一九八四年）、『草隠れ　短篇名作選』構想社　一九八二年、『新編　水上勉全集　第四巻』中央公論社　一九九六年

てんぐさお峯

『てんぐさお峯　草民記㈠』中央公論社　一九七九年（のち『てんぐさお峯』中公文庫　一九八四年）、『新編　水上勉全集　第四巻』中央公論社　一九九六年

水上 勉（みずかみ・つとむ）

一九一九（大正八）年、福井県大飯郡本郷村（現・おおい町）生まれ。乞食谷《こじきだん》と呼ばれた谷の上の家で、大工の父・覚治と母・かんの五人兄弟の次男として育った。十歳の時、京都の臨済宗相国寺の塔頭・瑞春院に入る。旧制花園中学校を卒業後、寺を出て、一九三七（昭和十二）年、立命館大学に入学。一九四〇年、東京に出て出版関係などいくつかの職に就くも、郷里に疎開、国民学校に勤める。戦後、東京に出て出版の仕事をしつつ文学修行、宇野浩二に師事する。一九五九年、『霧と影』を発表し本格的な作家活動に入る。一九六〇年、『海の牙』で探偵作家クラブ賞、一九六一年、『雁の寺』で直木賞、一九七一年、『宇野浩二伝』で菊池寛賞、一九七五年、『一休』で谷崎賞、一九七七年、『寺泊』で川端賞、一九八三年、『良寛』で毎日芸術賞を受賞する。『金閣炎上』『ブンナよ、木からおりてこい』『土を喰う日々』など著書多数。一九八五年には、郷里に若州人形座の拠点と文学資料展示の場として若狭一滴文庫を開設。二〇〇四（平成十六）年九月永眠。

若狭《わかさ》がたりⅡ
わが「民俗」撰抄
2021年11月30日　第1版第1刷発行

著　者◆水上《みずかみ》　勉《つとむ》
発行人◆小島　雄
発行所◆有限会社アーツアンドクラフツ
東京都千代田区神田神保町2-7-17
〒101-0051
TEL. 03-6272-5207　FAX. 03-6272-5208
http://www.webarts.co.jp/
印刷　シナノ書籍印刷株式会社

落丁・乱丁本はお取り替えいたします。
ISBN978-4-908028-66-3 C0095